秘密图纸

·红色经典电影阅读

王春雷 编著

中华工商联合出版社

图书在版编目（CIP）数据

秘密图纸 / 王春雷编著．—北京：中华工商联合出版社，2013.7

ISBN 978-7-5158-0595-5

Ⅰ.①秘… Ⅱ.①王… Ⅲ.①中篇小说—中国—当代 Ⅳ.①I247.5

中国版本图书馆 CIP 数据核字（2013）第 157954 号

秘密图纸

编　　著： 王春雷
策　　划： 徐　潜
责任编辑： 魏鸿鸣　韩　旭
封面设计： 赵献龙
责任审读： 郭敬梅
责任印制： 迈致红
出版发行： 中华工商联合出版社有限责任公司
印　　刷： 天津海德伟业印务有限公司
版　　次： 2014 年 3 月第 1 版
印　　次： 2018 年 4 月第 2 次印刷
开　　本： 710mm×1000mm　1/16
字　　数： 170 千字
印　　张： 15
书　　号： ISBN 978-7-5158-0595-5
定　　价： 29.80 元

服务热线： 010—58301130
销售热线： 010—58302813
地址邮编： 北京市西城区西环广场 A 座 19—20 层，100044
http：//www.chgslcbs.cn
E-mail：cicap1202@sina.com（营销中心）
E-mail：gslzbs@sina.com（总编室）

编 委 会

演职员表

编　　剧： 史　超　郑　洪　郝　光

录　　音： 侯申康

导　　演： 郝　光

美　　术： 郑　拓

执行导演： 任鹏远

作　　曲： 李一丁

摄　　影： 陈瑞俊

指　　挥： 韩中杰

制　　片： 邓　芳

演　　奏： 中央乐团

石　云……………………………………………… 田　华

周　妻……………………………………………… 张　帆

小　崔……………………………………………… 王　毅

金大夫……………………………………………… 张　璋

丁局长……………………………………………… 邢吉田

李　化……………………………………………… 李　力

陈　亮……………………………………………… 王心刚

古钟儒……………………………………刘季云

陆文惠……………………………………钱树榕

叶长谦……………………………………李壬林

钱正兴……………………………………王　培

方　萍……………………………………俞　平

周　明……………………………………李辉健

方　丽……………………………………师　伟

剧情说明

二十世纪六十年代初，科技专家李化在广州火车站助人为乐时将装有秘密图纸的公文包交由陆大姐代为看管，却不慎被盗，公安局女侦察员生病初愈，临危请命，接受了侦破此案的任务。正在石云和同事竭力调查时，在案件发生的第二天，老中医古钟儒和他的学生金大夫，却于晚上陆大姐家所住的珍珠巷捡拾到了李化在火车站丢失的公文包，并将公文包送还失主。包里的粮票和钱虽然已经不见，但图纸却完好无损。丁局长和石云经过分析和演示推断出图纸已被拍过照。

此时，石云的丈夫、军区保卫参谋陈亮反映，他奉命结识的那个可疑的音乐工作者方丽，最近突然活动频繁起来。石云在三轮车工人和凉茶铺老板周明等人的帮助下，得到了盗窃公文包嫌疑人、某酒店西餐厨师叶长谦的不少线索。当叶长谦与方丽在东山酒家门前接头时，古钟儒与金大夫认出叶长谦就是在珍珠巷丢公文包的人，并将其扭送到公安局。本以为叶长谦被捕，此案已结。但陈亮却反映方丽仍在积极活动，经分析，石云断定方丽背后一定有人指使。而根据各种情况来看，背后还有操纵者。经过反复调查，有多处证据表明，古钟儒古大夫就是背后的操纵者。于是公安局作了周密的布署。不久，方丽借其姐病危，要陈亮开车送她到深圳探望，并以要带一位医生的名义顺路捎上了古钟儒。途中，古钟儒甩掉陈亮，企图同方丽偷渡出境，却被早已埋伏在那里的石云等公安人员逮捕。

序

曾经，拾起过草地上被吹落的发黄的银杏叶，夹在了日记里，再打开时，记住了那个秋天里青春的憧憬；

曾经，哼起过电台里被播放的欢快的流行曲，抄在了笔记上，再打开时，记住了那段岁月里相伴的愉悦；

曾经，流连过影院里被放映的精彩的故事片，存在了脑海中，再打开时，记住了那些回味里温暖的片段；

我们的曾经，是记忆的积累，留不住岁月，却留住了记忆。翻开日记时，银杏的纹络依然清晰，打开笔记时，歌词的墨迹仍然青涩。那些往事都留住了，只是在某个时刻，突然想起了那部电影，多少却有些浅忘，因为我们的笔记本里承载不了那么多的信息，只能记在脑海里，在岁月的洗涤中淡却了一些章节。

我们一直致力于电影连环画在读者中的普及，十年间制作了数百本电影连环画，发行量近百万册，在读者中建立了良好的口碑并取得了积极的社会效应。今天，我们将那些存在我们记忆深处的经典电影以图文版的形式制作成册，让我们重新回味那脍炙人口的故事，再度拾起从前那观看电影的快乐时光。

抬一把凳子，再也找不到露天电影；下一段视频，却没有充裕的时间观看；那么，就躺在床上，翻开这一本本图文本，将故事延续到梦里——记得那时年少，记得那时年轻，记得那时……

枕边，这一册册的电影图文本，还有一摞摞的日记和笔记本，都是我们记忆中的音符，目光触及时，在心里流淌成歌，相伴过的曾经，把美好的记忆延续到永远。

赵刚

2014年3月6日

目　录

第一章 车站被盗

20世纪60年代初的广州火车站，随着一阵阵又长又悠远的火车汽笛声，一列绿皮火车慢慢地降低了速度，正缓缓驶进火车站。月台上熙熙攘攘、摩肩接踵地挤满了迎接亲友的人。人群中有老人、孩子、工人、农民、机关干部、工厂职工、人民教师、学校学生……人们穿的衣服也是各式各样，花花绿绿，好不热闹。有老两口来车站接从乡下来看望他们的女儿、女婿和外孙的；有妈妈拉着孩子的手

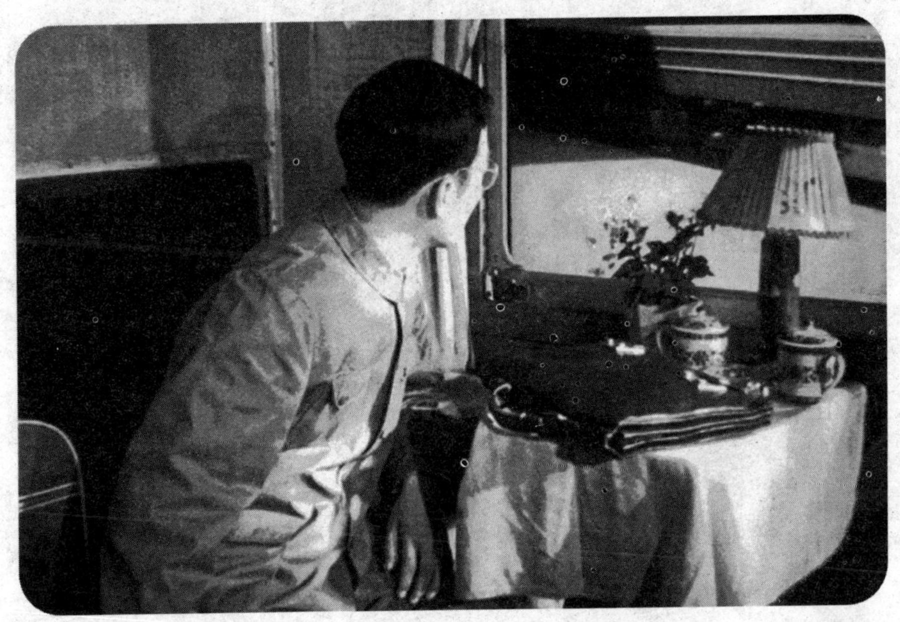

☆20世纪60年代初的广州火车站，一列火车正缓慢地驶进车站。月台上挤满了迎接亲友的人，一个戴着眼镜的中年男子正在车厢内向站台上观望。

来车站接从外地出差回来的丈夫的；有民工师傅手搭着晾伞来接老家来的工友的；有工厂司机来接外地兄弟工厂派来的维修师傅的；有政府部门的人员来接上级考察团的……整个广州火车站简直沸腾了。在即将停驶的列车内，乘客们已经离开了座位，拎着自己的包裹行李等在了车厢门口，都想火车一停下就冲出车厢，早些和接自己的人见面。这时，一个戴着眼镜的中年男子正在车厢内向站台上不停地观望。

“接亲友的同志请注意，从北京开来的 13 次特别快车马上就要进站了，接亲友的同志，请您站到安全线外，以免发生危险……下车的旅客请注意，列车已经到达本次行程的终点站广州站，请旅客同志们抓紧时间下车……”随着车站喇叭的广播，火车终于停住了。“老李，李化！”站台上，一个领着孩子的中年妇女高声地向车厢中的这名男

☆“老李，李化！”站台上，一个领着孩子的中年妇女，高声向他叫喊着。这位叫李化的男子拿起自己的行李走下了火车。

子大声地叫喊着。这名妇女约四十多岁，留海头，看上去很精神，身材不高，微胖，穿一件小开领的半袖，干净利索。她手领的小男孩约六七岁光景，戴一顶白色的圆顶遮阳帽，穿一件浅蓝色的圆领半袖，很是可爱。中年妇女一手挎着包，一手拉着小男孩，风风火火地边在站台上跑边叫喊着“老李，李化!”也许是车站太吵了，人们的轰吵声还有车站喇叭的广播声，将这名妇女的叫喊声湮没了；也许是离得太远了……总之这名戴眼镜的叫李化的男同志并没有听到她的叫喊。等到火车彻底停稳了，李化这才拿起自己的行李走下了火车。

李化刚下了火车，在车厢门口就遇见了七八个迎接他的人，除了其中的一两个认识，其他的都不认识。他拎着行李，忙和大家一一握手，旁边有人逐一进行着介绍。“这

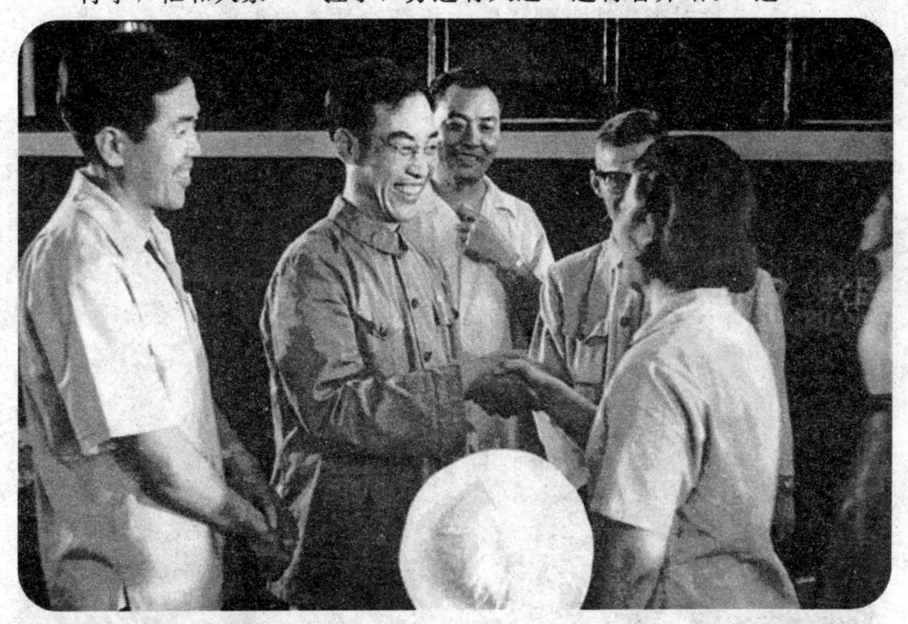

☆李化下了火车就遇见七八个迎接他的人，他拎着行李，和大家一一握手。这时，那个女同志也走了过来：“老李呀!”“啊呀！陆大姐！简直不认得你了!”李化赶忙握着她的手。“当然不认得了，你现在是专家了嘛!”陆大姐亲热地说。

是王院长……”“你好!”“你好!”两人握手,“这是郑主任……”“你好!”“你好!”两人握手,“这是陈教授…”“你好!”“你好!”两人握手……“老李,老李……”这时那个中年妇女拉着孩子也赶了过来,她远远地就一边吆喝一边伸出了手。李化赶忙向前走了几步,迎了上去,然后跟她热情地握手,口中还说着:“啊呀!陆大姐!变化真大呀,简直都不认得你了!你比以前更年轻了哟!”“年轻啥呀,都快成老太婆了,当然认不得了,你现在是专家了嘛!”陆大姐边握手边亲热地说。松开握着的手,李化仔细地打量着陆大姐,然后看了周围的人一眼,又指着陆大姐说道:“陆大姐,恭喜你哟,发福了!”“哪儿呀,我这是虚胖,整天吃中药,喝苦水啊,这不,现在就被折磨成这样了嘛。”陆大姐边说边用手理了理头发。

这时李化注意到了陆大姐旁边站着的小男孩,小家伙

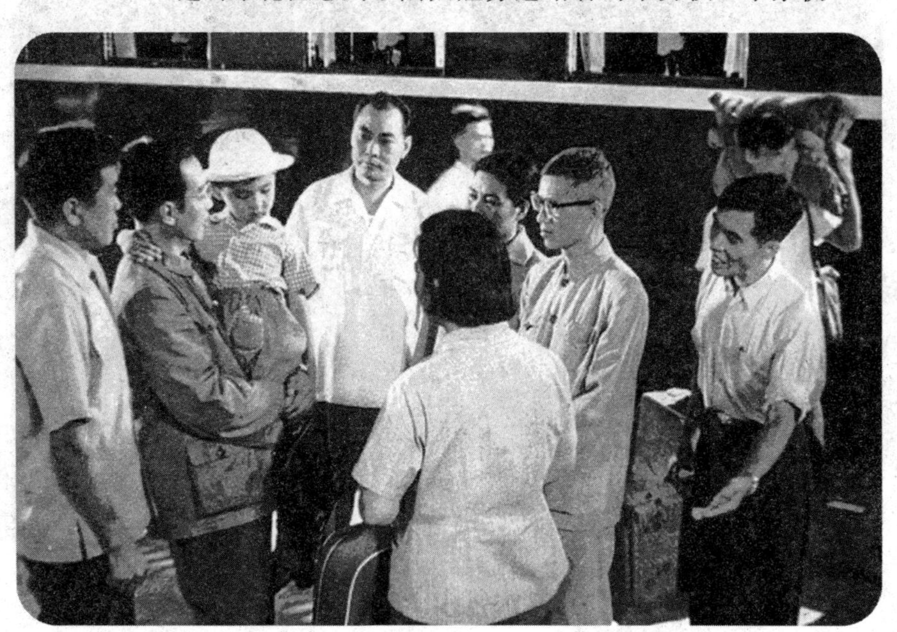

☆陆大姐对儿子小穗说:“快叫李叔叔!”小穗亲热地叫着:“李叔叔!”李化随手把手里的公文包和箱子交给了陆大姐,高兴地把小穗抱了起来。

一直在旁边静静地站着，听大家说话。李化慢慢蹲下身子，看了看小男孩，然后问陆大姐："这是你家的小儿子吧?""嗯，最小的一个!"陆大姐乐呵呵地答道。李化越看小家伙越可爱，忍不住想上去抱一抱，便口中说着："来，让叔叔抱抱。"边说话，李化边想朝小男孩伸出双手，这时他才感觉到左手里还拎着公文包和皮箱呢。李化刚要把左手中的公文包和皮箱放到地上，突然又拎起来了，看到陆大姐就在旁边，便随手将手里的公文包和箱子交给了陆大姐。陆大姐也顺手将李化的公文包和箱子接了过来。李化这才又弯下腰，伸出双手，高兴地将小男孩抱了起来。陆大姐看着李化开心的表情，忙对儿子说道："小穗，快叫李叔叔。"小穗听了妈妈的话，便响亮地叫道："李叔叔!"然后还调皮地在李化的脸上亲了亲，又害羞般的趴在了李化的肩膀上。李化看着调皮的小穗，开心不已。

大家互相寒暄了一会儿，由于要去不同的地方，看时间差也不多了，便招呼着打算往站外走去。车站的行李车正在忙碌着运送着成堆的行李，让本来就拥挤的站台更显得拥挤。就在这时，一个大娘手里拎着两个包，肩上还搭着一前一后两个绑在一起的包袱正好从行李车旁经过，不小心被旁边经过的一个戴帽子拎包的男士绊倒了，然后就撞到了旁边正在行驶着的行李车上。这一幕恰好被站在旁边的陆大姐和抱着小穗的李化看到了，李化见状急忙将抱在怀中的小穗放下来，然后跑过去扶这个大娘。陆大姐担心大娘摔着了，李化一个人不行，也急忙将手中李化交给她的公文包和箱子放到了地上过去帮忙。李化将大娘慢慢扶起，陆大姐也及时地将行李车上将要掉下来的箱子扶住了。就在这个过程中，一个穿灰色衣服的男人走了过来，悄悄地拿起了陆大姐放在地上的黑色公文包，放入了自己拎着的一个有火箭图样的帆布包中，转身消失在涌动的人群里。这一切，都被懵懂的小穗看在了眼里。

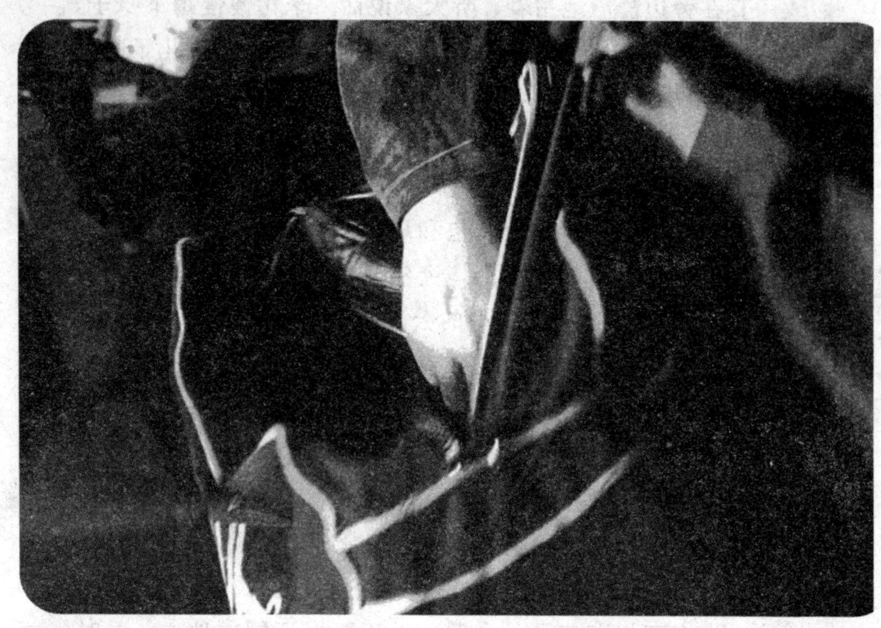

☆忽然，一个妇女被人绊倒，撞到旁边一辆行李车上，李化看见急忙放下小穗去扶她，陆大姐也急忙放下下手中的东西去帮忙。这时，一个穿着灰色衣服的人走过来，悄悄地拿起了陆大姐放下的黑色公文包，放入一个有火箭图样的帆布包中，转身消失在人群里。

很快，这个穿灰色衣服的人拎着那个有火箭图样的包在距火车站不远的路边坐上了一辆人力三轮车。在一间凉茶铺里，一个妇女背上背着婴儿一边忙着做家务一边照顾着凉茶和电话生意。那个穿灰色衣服的人胸前斜挎着那个有火箭图形的包径直走到凉茶铺内的电话机旁开始拨打电话。他压低声音对着电话说："对，弄到了。"电话那头传来一个女人的声音："你弄到了什么?""是……"穿灰色衣服的人刚要说，这时孩子突然哭了。他冲背着婴儿的妇女吆喝道："喂！你把小孩弄出去好不好！"女主人看了他一眼，没说话，只好一边晃着背上的婴儿，一边走了出去。"喂，喂……"电话另一端的女人显然等得有些不耐烦了。

穿灰色衣服的男人，一手拎着听筒，一手撑着桌子角，斜着身体，使劲往外看，确定凉茶铺的女主人背着小孩走远了，这才收回身子，又把电话听筒放到耳朵边，说起话来，“喂……”“喂，快说，弄到了什么?”电话那头的声音听起来好像很迫切。

☆在一间凉茶铺里，那个穿灰色衣服的人走到电话机旁拨打电话，他压低声音对着电话说：“弄到了，正是你需要的东西!”这时婴儿哭了，那人冲妇女叫道：“喂！你把小孩弄出去好不好!”女主人只好背着孩子走了出去。

就在女主人背着孩子出去的间隙，灰衣男子已经将带有火箭图案的帆布包挂在了这间凉茶铺的墙上，这只包是那种比较大的旅行袋，长方形的，中间有一个长长的拉链，包的两端各有一个侧袋，包的正面有一个一飞冲天的火箭图案，旁边还有繁体的“广州”二字。说是一间凉茶铺，但除了凉茶和一部手摇电话，店里还有好多生活用品。平时一般人们买凉茶是不会进店里边的，都是站在店外的柜台旁，买杯凉茶，站着喝完，然后走人。只有打电话或接电话的人才会进到店铺里边来，因为电话机就放在店铺内的桌子上，这样一是便于及时接听电话，二是放屋子里也安全，不但不会被日晒雨淋，还不会被偷。灰衣男子将那个带有火箭图案的包悄无声息地挂在了凉茶铺的墙上，墙上还挂着一个盛着杂物的竹篮。还别说，要不是刻意留心，或者已经习惯了凉茶铺的格局的话，还真不会注意墙上什么时候挂了一个包。

☆有火箭图案的帆布包已经挂在了这间凉茶铺的墙上。

穿灰色衣服的男人还倚在桌旁打着电话，“碰巧啦，我弄到的正是你需要的东西！”穿灰衣服的男子得意忘形地冲着话筒说道。“太好了！……”话筒中女人的声音听起来很是激动，话筒中的女人接着说道：“……哎，你的老婆和孩子病了，赶快到香港去看他们吧！”听到电话那头的女人这句话，穿灰色衣服的男子好像有些无奈地一边摇头一边说道：“手续不便啊！”“我也替你想办法，你也抓紧！最近天

气很是不好，要当心货发霉呀。”电话那头的女人对穿灰色衣服的男人说道。“那怎么办呀?”穿灰色衣服的男人冲着话筒吆喝道。电话另一头的女人也不含糊，厉声道：“赶快处理掉！具体怎么办，我再通知你!”穿灰色衣服的男子好像这才放了心，只听他对电话另一头的女子说道：“好，我怎么跟你联系呢?”“需要的时候，我还是会打电话找你!”电话另一头的女子对穿灰色衣服的男人说道。“好!”这个穿灰色衣服的男人随后挂上了电话。

☆穿灰色衣服的人还在打电话，对方一个女人的声音传来说：“太好了！……你的老婆孩子病了，赶快到香港去看他们吧！最近天气不好，当心货发霉呀。需要的时候，我打电话找你!”

与此同时，身穿白色实验工作服的李化走进了公安医院的一间病房。只见病房里放着两张病床，其中一张病床上坐着一位年轻女子，圆脸，短发微卷，身上穿着条纹的病号服，看样子是住院的病人。一个小女孩约七八岁，和两位男同志坐在床边。其中个子稍矮的年龄略长些，穿着

一件白色的半袖衬衫，另一名男子要略微年轻些，也就三十多岁，穿着一身绿色的军装，很是精神。另外一张病床上只是铺着被褥，还放着一些杂物。李化推开病房的门，看着那位年长一些的男同志叫道："老丁……""老李！"那位年长些的男同志忙从床边站了起来，迎上刚进门的李化，两人热情地握着手。这个人是市公安局的丁局长。丁局长一看是李化，自然站起来握手相迎。李化看着丁局长说道："离开火车站以后，我到处找你……"没等李化说完，丁局长一边给李化拿椅子坐，一边问道："你是什么时候到这儿来的？唉，你又怎么知道我在这儿呢？"

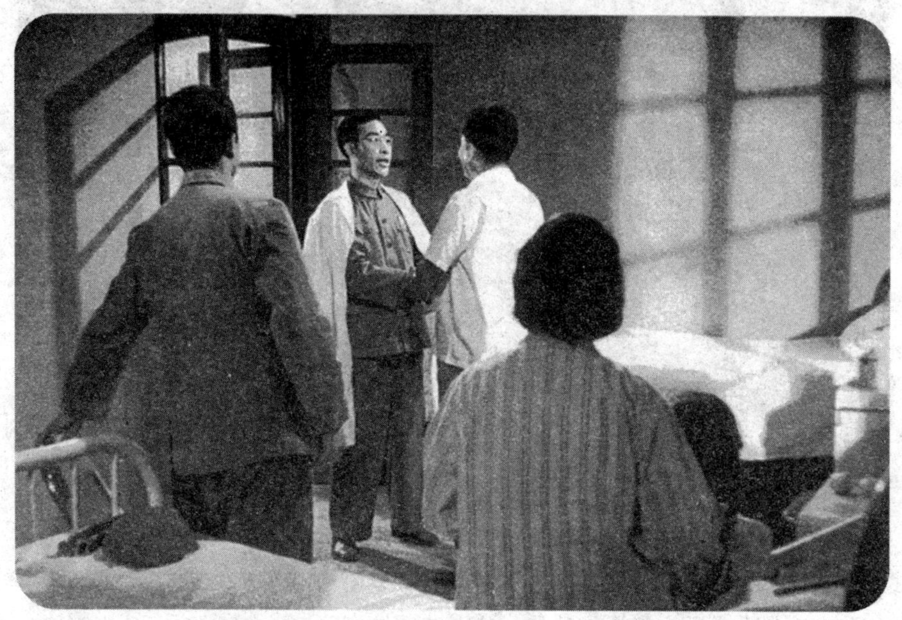

☆与此同时，李化走进了公安医院的一间病房。病房里，床上坐着一位年轻女子，一个小女孩和两位男同志坐在床边。李化先和那位年长一些的男同志打招呼："老丁。"这是市公安局的丁局长。丁局长一见是李化，赶紧站起来握手相迎。

李化被丁局长这连珠炮式的问题给问住了，不知道该先回答哪个，如何回答。还没等李化回答丁局长的问题，

丁局长好像又想起了什么。只见他伸出手指着坐在床上的穿着病号服的女子对李化说道："哦，差点忘了。我给你介绍一下，这位是石云同志，我们局里的侦察员。"听丁局长特意介绍自己，石云感到有些不好意思，忙微笑着点了点头，然后低下头，将倚在床边的小姑娘紧紧揽在了怀里。石云是市公安局的一位优秀侦察员，别看很年轻，但却很有头脑，在她的主导下已经破获了好几起重大案件了，具有一定的侦察经验，也算是一名老侦察员了。这不，由于常年为了案件的事情操劳，终于由于劳累过度，缺少休息，引发了其他病症，最后不得不住院治疗。就这她自己还不住院呢，非要坚持带病工作。后来还是公安医院的院长亲自与市公安局的丁局长打电话沟通后，丁局长才下命令让石云强制住院的，住院这段时间，可算是把石云憋坏了，这不，丁局长知道她憋得难受，就来医院看望她了。

☆丁局长先给李化介绍那位穿着病号服的女同志："老李，这是石云同志，我们局里的侦察员。"

然后，丁局长又指了指站在床边的穿军装的中年男子对李化说道："这位是石云的爱人——陈亮同志，在军区保卫部工作。""你好!"陈亮听丁局长向李化介绍自己，忙朝李化走过来两步，边问好边热情地伸出了右手。"你好!"李化也伸出了手，两人热情地握着手，"请坐吧!""你也请坐。"李化和陈亮分别招呼对方坐下。陈亮长的很帅气，虽然三十多岁的人了，看上去却仍然显得很年轻。高高的个子，结实的身材，别看才三十多岁，但年轻有为，现在红领章上已经是四颗星了。石云生病住院，由于部队上事情多，再加上当前形势比较复杂，陈亮又是负责安全保卫工作，所以事情比较多，平时也无暇来医院照顾，就更谈不上陪床伺候了。这不今天是休息天，他忙抽了个时间带女儿来医院看看，女儿成天嚷嚷着要到医院看妈妈，没办法，今天抽空就来了。丁局长也赶上这个休息天不值班，所以

☆丁局长随后又给李化介绍另一位穿着军服的男同志："这是石云的爱人——陈亮同志，在军区保卫部工作。"

特地到医院来看看石云。

大家都分别在床上和椅子上坐下，一阵寒暄之后，李化十分焦急，他忧心忡忡地对丁局长说道："老丁，出事了，我把公文包丢了，里边有图纸。"听李化说到这儿，大家的神情都猛得一惊，变得严肃起来。李化接着又带着自责的语气说："我为了赶着来开会，没有遵守制度，我不该随身带着它呀！老丁，我犯了罪……"这时丁局长看着面色焦急的李化说道："老李，这是个严肃的问题，但是，你要冷静！这样，你先把当时的情况好好回忆一下……"边说丁局长边站了起来，李化和陈亮也分别跟着站了起来。丁局长看着陈亮继续说道："我看这个事情先跟尚部长谈一下，说不定将来还要请军区保卫部来协助呢！"丁局长边说边看了看站在自己旁边的李化。陈亮听丁局长如此说，忙

☆一阵简短地寒暄之后，李化十分焦急，他忧心忡忡地对丁局长说："老丁，出事了，我把公文包丢了，里面有图纸。"丁局长神情严肃地说："老李，你先把当时的情况认真回忆一下，尽快向尚部长汇报。"

答道："是!"这时丁局长看着很是着急的李化，伸出右手拍了拍李化的肩膀，然后拉着他说道："走吧，咱们到局里去研究研究!"说完就和李化一前一后走出了病房。

丁局长和李化走了，病房里就剩下了石云、陈亮还有女儿，一家三口好久没见面了，石云也很是想念女儿，就连晚上做梦都是梦见女儿在喂她药，给她盛饭，帮她打洗脚水，还帮她洗脚呢。现在想起梦中的这些，石云还很开心呢。不过，此时石云脑子里根本顾不上想这些，坐在病床上的石云，自从看到丁局长和李化走出去后，自己不由得就皱起了眉头。她在想，李化刚才说到的这个图纸，一定是十分重要，否则李化也不会这么焦急。如果这个图纸真的是事关重大的话，那就要抓紧时间，尽快地找回来，否则有可能会对国家财产造成重大的损失，甚至有可能产生更严重的影响……一想到这些，石云就不由地又替这个

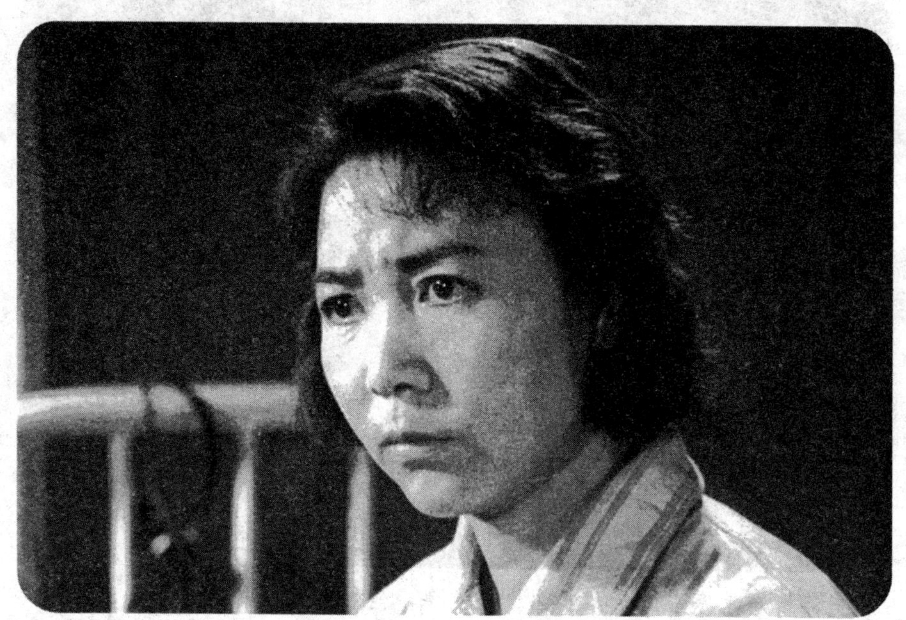

☆坐在病床上的石云，看到李化他们走出去后，不由得皱起了眉头。她想到李化说的这个图纸，一定是十分重要的。不然李化不会这么焦急。

图纸着急起来。石云作为一名市公安局的老侦察员，参与了不少行动，侦破过各式各样的案件。在她看来，这次图纸丢失，有可能是一次普通的偷盗，但又有可能是一次有预谋的盗窃，一定不能马虎……

第二章 临危请命

在市公安局的局长办公室里，一尊陶瓷做的毛主席半身塑像屹立在房间的一角。丁局长正站在办公桌前打电话，只听丁局长对着电话机的听筒说道："值班员注意，火速通知各地的关卡和港口，今天上午九点三十分，一只黑色的手提公文包，在火车站被窃，黑色公文包里有 99 号秘密图纸……对，这个图纸关系到国家的重要机密，一旦被敌人和特务分子运到国外，将对我国国防和人民生活带来非常

☆办公室里，丁局长正在打电话："值班员注意：火速通知各地的关卡和港口，今天上午 9 点 30 分，一只黑色的公文包在车站被窃，里面有 99 号秘密图纸，要严格检查和封锁。"

严重的后果……对，命令各地的关卡和港口，一定要严格检查和封锁。”看来丁局长已经向尚部长汇报了，尚部长也非常重视这次图纸失窃事件，毕竟这个图纸关系重大，再加上现在是非常时期，境外的反动势力和敌对分子亡我之心不死，妄图通过种种方法和手段，获取我方消息和情报，以便对我政权进行颠覆。敌人蠢蠢欲动，随时都有可能给我们带来威胁。所以，丁局长要求马上检查和封锁各地的关卡与港口，一定要找到这个图纸，绝对不能出任何的问题。

丁局长刚放下电话，就听到有人敲门。局长办公室的门没关，随后就走进来一个人，口中叫道：“局长!”“你……”丁局长抬头一看，进来的是石云，忙从办公桌后走了过来。刚才还穿着蓝色条纹的病号服在公安医院的病床上坐着的石云，现在已经换上了整洁的警察制服站在了

☆这时，已经换上警察制服的石云走进来说：“丁局长，我来请求任务。”说着她掏出了出院证明。

市公安局丁局长的办公室里。这让刚才在医院见过石云的丁局长一头雾水，有些摸不着头脑。此时的石云，头上戴着无檐警帽，看上去气色不错，很是精神，根本就不像是刚从医院跑出来的。没等丁局长缓过神来，石云就对丁局长认真地说道："我来请求任务。"丁局长看着眼前英姿飒爽的石云，厉声问道："谁同意你出院的？该不是你自己一个人瞒着医院和你家陈亮，从医院跑出来的吧?!"石云知道自己现在回到工作岗位上，大家肯定都会怀疑她的病是不是已经彻底好了，丁局长的问题也早在她意料之中。只见石云不紧不慢地从口袋里掏出了出院证明递给了丁局长。

丁局长看着表情坚定的石云，满腹狐疑地接过了她手中的出院证明，丁局长双手把折着的出院证明打开，边看边念道："坚决请求出院……"然后丁局长把手里的出院证

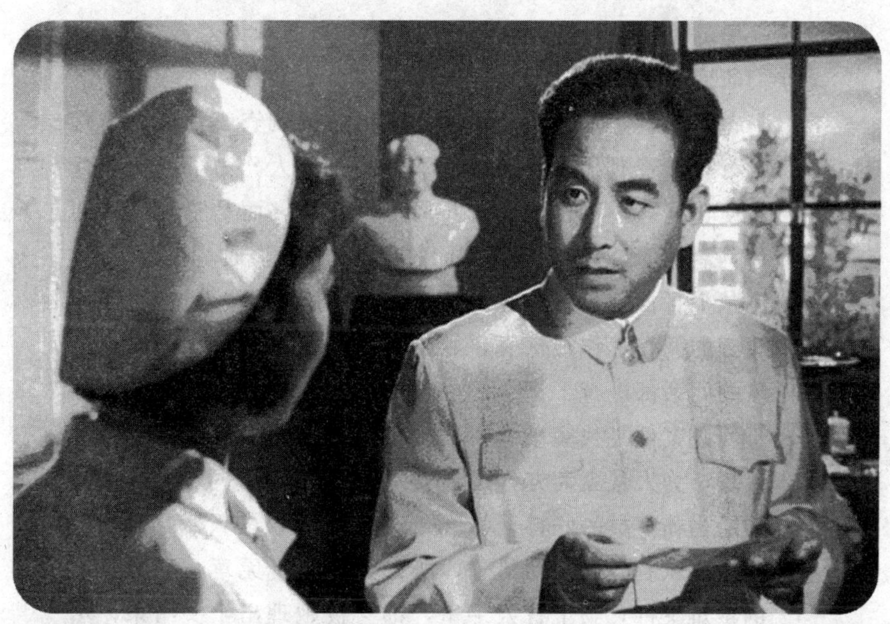

☆丁局长看着证明说："坚决请求出院？石云，你把医院搞得没有办法了吧！"石云紧接着说："我也向你坚决请求，把任务交给我。"丁局长考虑了一会儿，对她说："好！我们研究研究。"石云这才笑着走了出去。

明使劲地抖了抖，然后笑着对石云说道：“还坚决请求出院？石云，你一定是把医院搞得没有办法了吧！所以才给你开了这张出院证明！”石云不等丁局长的话说下去，就斩钉截铁地说道：“我也向你坚决请求，把这个光荣而又艰巨的任务交给我！”丁局长看了石云一眼说道：“我看哪，你还是回医院去！”丁局长一边说，一边转过身去。“局长，我的病真的好了！我不能睁眼看着敌人破坏我们的社会主义建设。局长，我坚决请求让我来完成这个光荣而艰巨的任务。”听了石云的话，丁局长没有吭声，只是看了看她，然后背着手，不停地在屋子里踱步。丁局长脑子里一直在想，这个案子要不要交给石云呢？论能力她肯定是没问题，可是她的病还没好，又怕再把她累倒了，可是不交给她又有谁是合适的人选呢？……这时丁局长走到办公桌前，将手里的出院证明往桌子上一扔，他对着石云说道：“好，我们研究研究吧！”石云这才笑着走了出去。

石云很快就展开了细致而又缜密的调查工作，她骑着自行车冒着烈日连续走访了许多相关的人。为了方便出行和便于调查，石云并没有开局里的专车，而是骑着自己的那辆老式的自行车。这样既利于同调查者沟通，获取信息，也减少了自己被别人的关注度，避免引起某些人员的注意。石云的调查工作很认真，她带了纸和笔，对每一个调查对象的问话都进行了记录，以便回去更好地收集素材，为早日侦破案件寻找突破口。石云就是这样一个人，做事严肃认真，为人豪爽大方，用公安局丁局长的话说，就是“典型的当侦察员的好料子”。石云具有侦察员的天赋，再加上她做事认真，还爱动脑子，所以好多杂乱无章、毫无头绪的疑难案件，到了石云手里，都会被她理出个头绪来，然后大家再顺着石云发现的蛛丝马迹顺藤摸瓜，用不了多久，就大功告成，把案子破了……石云在走访了有关的人后，来到了陆大姐家了解情况。

☆石云很快展开了调查，她骑着自行车连续走访了许多相关的人，随后又来到陆大姐家了解情况。

还没进门，在胡同口，陆大姐就向石云介绍起了当时的情况："我刚回到机关，老李就给我来了个电话，说他的公文包丢了，问我拿了没有。"边说边走，很快就进了房间，陆大姐指着一把藤椅对石云说道："请坐吧。"然后自己也坐在了另一把藤椅上。然后陆大姐接着说："接了老李的电话以后呀，急得我，连午饭也没有吃。我知道，老李现在做的，可不是一般的工作，他现在是在那个……""嗯哼！"就在陆大姐正说话的时候，石云看到一个老年妇女端着托盘走了进来，托盘上放着两杯茶，石云担心有什么不测，忙使劲地做了个动静，示意陆大姐别说了。陆大姐看到这个老年妇女端着托盘过来了，站起来一边接过茶水一边说道："噢，阿姨。"这名老年妇女看着陆大姐问道："大姐，有药熬吗？"陆大姐看着这名老年妇女笑着说道："等

古大夫来了再说吧。”听陆大姐这般说，那名老年妇女便拎着托盘独自出去了，并带上了门。

☆陆大姐正和石云说话，一个老年妇女端着托盘走进来，石云只好停了下来。老年妇女问：“大姐，有药熬吗？”陆大姐接过茶杯说：“等古大夫来了再说吧。”

陆大姐将两杯茶一杯放到石云面前，一杯放到自己面前。然后陆大姐又重新坐到藤椅上，这时她看见石云用疑惑地眼神看着走出去的老年妇女，陆大姐对石云说道：“不要紧，这是我们家孩子的保姆，跟我们有七八年了，成分不错，是个贫农，人老实得很呐。”听陆大姐这么一说，石云有些悬着的心才放到了肚子里。她是搞侦察工作的，会很注重每一个细节和每一个环节，一定不能出现纰漏和意外。石云一直都是如此严格地要求自己，这也才使她一次又一次完成了一件又一件光荣而又艰巨的任务。就在这时，陆大姐的儿子小穗调皮地跟了过来，缠着让陆大姐陪她玩。陆大姐要跟石云说话，配合调查，便从自己的手提包里拿

出了一本连环画递给了小穗，小穗接过妈妈手中的连环画，还煞有介事地翻了翻，然后又问妈妈道："这个是打仗的吗?"陆大姐看着可爱的小穗，笑着说："这本是讲解放军雷锋叔叔的!"小穗一听是关于雷锋叔叔的连环画，高兴得手舞足蹈，口中不停地嚷嚷着："妈妈，你给我讲，给我讲。"陆大姐笑着抚摸着小穗的头说道："先看去吧。"

☆见石云疑惑地看着老年妇女，陆大姐对石云说："不要紧，这是我家的保姆，跟我们七八年了，干活不错，人老实得很。"这时，小穗跑过来，陆大姐拿出一本连环画递给他，让他自己去看。

看着小穗高高兴兴地拿着连环画到旁边去看了，陆大姐看着石云说道："哎，刚才我说到哪儿了呀?"石云刚要提醒陆大姐，陆大姐好像突然想起来了，把包往桌上一放，对石云说道："对了，想起来了。老李啊，现在不是在那儿做那个什么嘛，我怎么会拿他的公文包?"就在陆大姐说到这儿时，正在旁边趴在桌子上看连环画的小穗忽然插话说："是李叔叔的黑皮包吗?"听小穗插话，石云忙走过去看着他说道："是啊，小穗一定看见了。"要不说人家石云是名优秀的侦察员呢，她从小穗的这句话中分明已经听出小穗对这个黑皮包有印象，理论上应当看到黑皮包被人拿走了。但石云并没有去问小穗"看没看到?"而是用肯定的语气说出了"小穗一定看见了!"这是一种谈话方式，是针对小孩子的谈话技巧。如果用疑问句式，小孩子可能会感到模棱两可，从而无法回答，如果用肯定句式，就会激发孩子的回答欲望，对孩子是种引导。

☆陆大姐继续说："我怎么会拿他的公文包呢……"在旁边看连环画的小穗忽然插话说："是李叔叔的黑皮包吗?"石云马上走过去对他说："是啊，小穗一定看见了。"

这时，小穗放下手中的连环画，看着陆大姐认真地说道："妈妈，李叔叔不是把黑皮包交给你了吗?""啊!"陆大姐听到小穗这样说，好像感到很吃惊，忙问道："你李叔叔什么时候把黑皮包交给我的呀?"小穗看着妈妈一脸狐疑的表情，说道："当时不是有个老大妈被别人绊了一下，摔

倒了嘛，李叔叔去扶那个老大妈的时候，把我从怀里放到了地上，不是把黑皮包交给你了吗？”听了小穗的话，石云想，小穗说的没错，当时应当是这样的情形。因为小孩子不会说谎，还有就是，小孩子的话最可信，别看他年纪小，但是他记忆力却很强，特别是对陌生的人和事物，具有很强的识别和记忆性。只是有时部分小孩子由于年龄较小，语言表达和描述能力相对会差些，所以在对事情的叙述上会让人不好理解。但小穗的话很干脆也很明白。石云已经完全听懂了，她在想，李化将黑皮包交给了陆大姐，而陆大姐又将黑皮包放哪儿了呢？

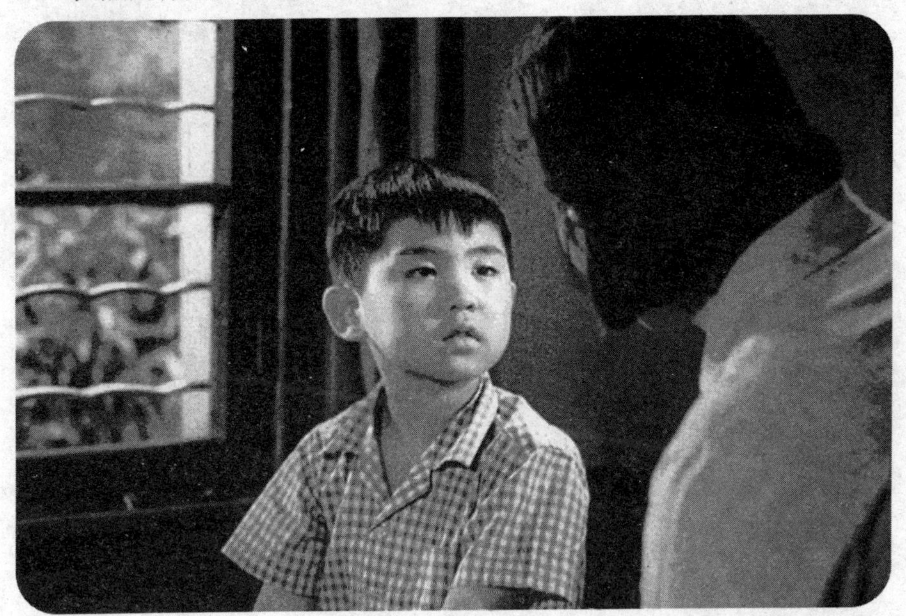

☆小穗对陆大姐说：“李叔叔去扶那个老大妈时，不是把包交给你了吗？”

听了小穗的话，陆大姐好像得到了提示，忽然间也想起了什么。她猛地使劲地拍了拍脑袋，很是自责地说道：“该死，我这个高血压病，把我弄得什么也记不得了。”略微地沉思了片刻，陆大姐说道：“对了，后来……我又把包放到什么地方去了呢……”陆大姐已经彻底想不起来了。

其实也不能完全怪她，当初事发突然。本来李化抱着小穗在怀里，手里还拿着装着那个重要图纸的黑色公文包。当时突然那个老大妈摔倒了，大家都看到了，很是担心。李化动作最快，放下小穗，顺手就将黑色的公文包交到了站在一旁的陆大姐手中。当时陆大姐看到那个行李车上的箱子直晃动，担心箱子倒下来会砸着老大妈和正在帮助她的李化，所以就急急忙忙地跑过去扶行李车上的箱子。由于事情紧急，根本容不得多想，她就顺手将黑色的公文包放在了小穗身旁的地上。等她和李化扶完老大妈过来后，其实黑色的公文包已经没了，但当时她并未注意。

☆陆大姐突然想起来了："该死，这个高血压病，把我弄得什么也记不得了。对了，后来，我又放到什么地方去了……"

石云看眼前的情形，陆大姐可能真是由于有高血压病的缘故或是年龄大了，脑子不太好使，记忆力减退的原因吧，好像对事情的发生和经过没有什么印象了。反而是小穗，好像还依稀地记着什么。另外还有一种可能，就是当

时确实是有些乱，陆大姐已经忘了那个黑色的公文包自己放哪儿了。而小穗始终没有参与到帮助老大妈的过程中去，而当时那个公文包就在小穗旁边，所以多少他应当还是有些印象的。石云看着陆大姐着急的样子说道："陆大姐，您别着急，好好地想一想。"然后石云拉了把椅子过来，坐在了小穗旁边。她看着小穗问道："小穗，你看到那个黑色的公文包在地上放着，有没有什么人拿走了呀？"小穗睁着一双水汪汪的大眼睛说道："没看见，我就知道有一个人挤来挤去，差点儿把我撞倒。"听小穗这样说，石云意识到这个挤来挤去的人很可能有问题，便忙拿出了本子，又问小穗："你还记得那个人是什么样子吗？"

☆小穗对石云说："我看见有一个人挤来挤去，差点儿把我撞倒。"石云拿出本子问道："你还记得那个人长的什么样子吗？"

小穗想了想，然后边用手比划边说道："那个人长得高高的，胖胖的，戴一顶帽子，穿着一件灰色的衣服。"对于小穗来说，当时火车站人来人往，很是热闹，那么多的送

人的、接人的、乘车的，他当然不注意谁是谁了，对具体某个人长什么样子，体态特征、外表面貌，他更是记不清了。再说他年龄也小，当时也照顾不了那么多，他只顾上看李叔叔和妈妈帮助那位老大妈来着，根本没注意地上的黑色手提包，更没看到是谁拿走的，是怎么丢的。虽然说当时并没有注意太多，但小穗对一个人还是有些印象的，就是那个在人群中挤来挤去的，他刚才跟石云所描述的这个高高的、胖胖的，穿着一件灰色衣服的人。小穗之所以对这个人有印象，不单单是因为他在人群中挤来挤去，更重要的是他与小穗身体有过接触，还差点儿将小穗撞倒。所以小穗对这个人会有印象。尽管小穗当时没看到也没去注意这个人的胖，但他的基本体型和大概穿着还是记住了。

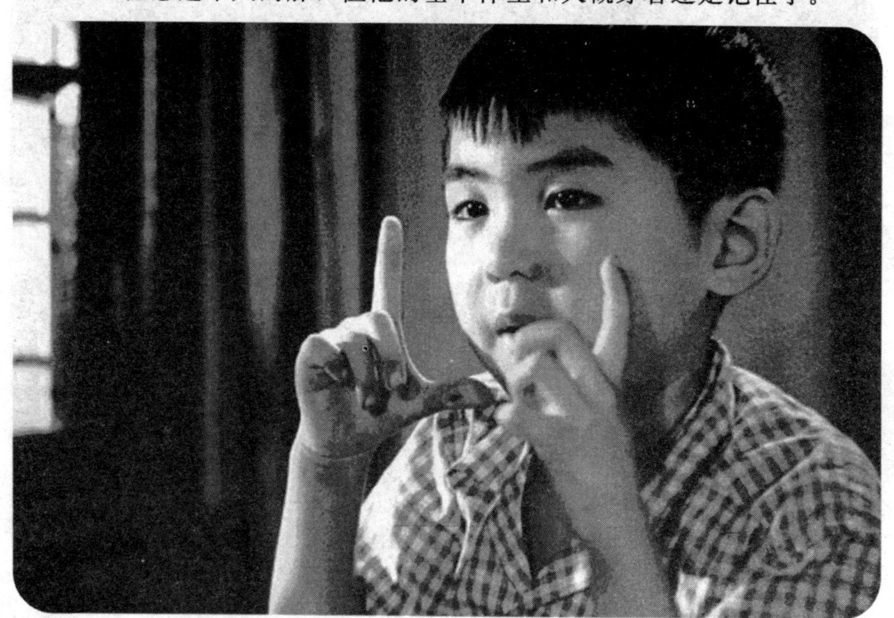

☆小穗用手比划着说："高高的，胖胖的，穿着灰衣服。"

这时石云根据小穗对这个人的相关描述，开始用笔在笔记本上画了起来。高高的个子，胖胖的身材，戴一顶帽子，一件灰色的衣服……很快，小穗口中的这个人的大致

模样已经出来了。石云不愧是一名出色的侦察员，可以说是自身素质过硬，她从小就喜欢绘画、素描，当时差点儿去当了画家。这不，在她的侦察工作中，她的绘画功底给她提供了很大的帮助。她在好多案件中，都通过对相关人员的调查、了解，根据对方的描述，将与案件有关的场景、人物、物证等通过绘画的方式进行记录，然后经过多位目击者或当事人的确认，再修改，最后成为了侦破案件的重要材料，为案件的侦破起到了至关重要的作用。石云无论干什么，不管是休息还是工作，只要是出门，她都会带上包，包里边都是她的一些工具，本子和纸自然是必不可少的。这次也不例外，石云通过小穗的讲述，大概地画出了这个人，然后又让小穗看了看，小穗说很像。

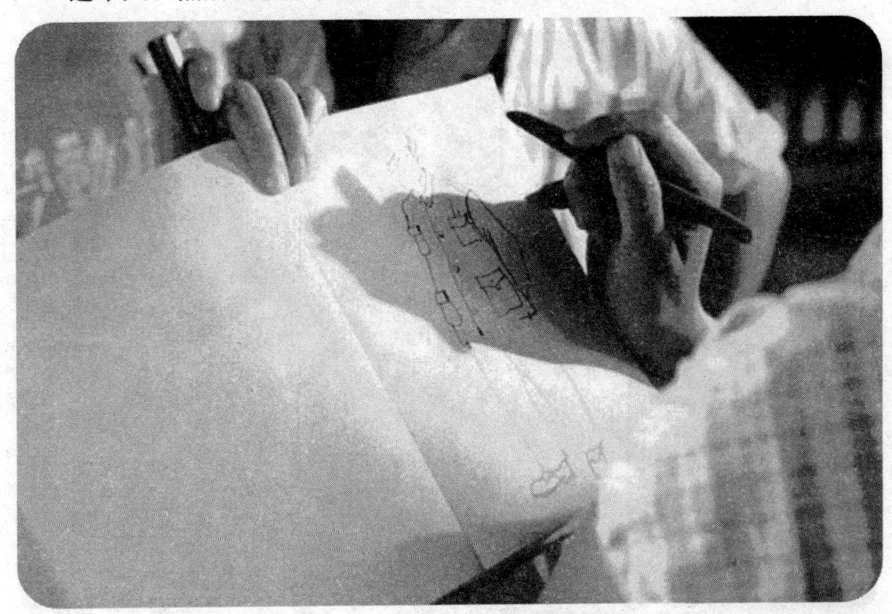

☆石云根据小穗的描述，用笔在笔记本上画出了一个穿灰色衣服的人的大致模样。

从陆大姐家出来，石云又急急忙忙到火车站去了解情况。她带着画好的这个人的像，让车站仓库负责行李运输的两个工人帮忙确认。然后石云说道："请你们把列车到站前的情形再详细谈谈。"其中一个穿着背心，肩上搭着外套，手里拿着烟的工人说："昨天，离火车到站还有一刻钟的时候，那个胖胖的、穿着灰衣服的人，手里拎着一个印着火箭图案的黑色帆布包，在月台上来回地走，那个帆布包上边还写着'广州'两个字。我推着行李车经过他身边的时候，他伸手对我说'火……火……'我以为他要跟我借火，就把手里点着的烟递给他了，哎，他没接，手里也没有烟。反而问我：'车没误点吧?'我看着他说：'正点到。'当时，我还很纳闷，你又不抽烟，找我要什么火呢? ……"工人仔细地说着，石云认真地听着，并把这些都一一记到了本子上。根据工人所说，这个人应当和小穗

☆石云到火车站了解情况。一个工人说："到站前我看到一个胖胖的、穿灰衣服的人，拎着一个印着火箭的帆布包，我经过的时候，他对我说'火…… 火……'我以为他要借火，可他手里没烟，反而问我'车没误点吧?'"

所说的那个人是一个人，看来这个高高的、胖胖的、穿一件灰色衣服的男子一定有问题。

晚上回到家后，女儿在床上开心地和小布娃娃玩闹着，石云一个人静静地坐在椅子上，在昏暗的灯光下，继续思考着今天在火车站工人师傅所说到的问题。她口中不停地重复着："火……火……"懂事的女儿以为妈妈是要火柴，她赶忙放下手中的布娃娃，跑到厨房去将火柴给妈妈拿了过来。石云接过火柴，看着可爱的女儿，笑道说："妈妈不要火。""妈妈不要火，干嘛老说'火……火……'的呀?"女儿认真地问道。"是呀!"石云手里拿着火柴，暗自思忖："他手上没有烟，要火干什么?"一边想着，石云一边拿起笔，在本子上画的人像旁边写下了"火……火……"。她嘴里还在不停地念叨着："火……火……火……火车没误点

☆回家以后，石云继续在桌前思考着今天的问题："火……火……火……车没误点吧?"她的小女儿在一旁拍手笑道："妈妈学结巴啦!"石云猛然醒悟："对，是个结巴，是个结巴。"

吧？”这时她的小女儿在一旁拍手笑道：“妈妈学结巴喽！妈妈学结巴喽！”听女儿这样说自己，石云猛然醒悟了：“对，是个结巴，是个结巴。”真是‘一语惊醒梦中人啊’！原来那个人并不是要火，而是想问火车晚点了没有，只是由于结巴，所以才连着说了几个火字……这个线索很关键啊！

正在这时，石云的丈夫陈亮回来了。他刚进门就听到石云在说“……是个结巴，是个结巴。”便边脱衣服边问道：“谁是结巴？”“嫌犯是结巴！”石云一边回答一边收拾自己的本子。“爸爸！”看到爸爸回来了，小女儿高兴地朝陈亮扑了过去。“薇薇！”陈亮一把就抱起了女儿。然后他看着石云问道：“犯人是谁呀？”“还不知道。”石云答道。陈亮笑着说：“能知道这样一个特点，也很好。”陈亮一边把衣服挂在衣架上，一边说道：“哎，我带来一个情况，你

☆这时，陈亮回到家里，他对石云说：“今天深圳转来23号给我的信，问我最近来不来广州？这个音乐家……怎么突然活动起来了？”

听了一定高兴。”这时石云拉住女儿薇薇的手对她说道：“薇薇，爸爸妈妈有工作，去跟姥姥玩儿去。”“好的。”懂事的薇薇答应了一声就出去了。“什么情况？”石云一边把房间的门关上一边着急地问道。陈亮高兴地看着石云说：“今天深圳转来23号给我的信，问我最近来不来广州？”石云关切地问道：“这个23号又活动起来啦？”“这个音乐家，自从到边防部队慰问演出以后，就再也没有什么动静了，今天怎么突然活动起来了？”

陈亮和石云坐在了椅子上，他从衬衣的口袋里掏出一根烟，并没有着急点上，继续对石云说道：“丁局长说，要把23号和盗窃图纸的案子连到一起考虑。”说完才从口袋里又掏出打火机，点燃了香烟。细心的石云将沏好的一杯茶水放到了陈亮跟前的桌子上，然后问道：“你今天见到丁

☆陈亮坐下来继续说：“丁局长说，要把23号和盗窃图纸案连到一起考虑。我是来配合你们破案的。丁局长说这个案子在由你主办，怎么样？指挥吧！……今天晚上有她演出，咱们主动找她去。”

局长啦?”“嗯!”陈亮深深地吸了一口手中的香烟，对石云说道：“我是来配合你们破案的。丁局长说，巧了，这个案子正好由你在主办，怎么样？老婆大人，指挥吧!”陈亮看着石云，调皮地把脑袋凑过去说道。石云看着陈亮的样子，有些不好意思地对他说道：“瞧你……对了，你准备怎么答复 23 号?”陈亮不慌不忙地从衬衣的口袋里掏出两张演出票对石云说道：“今天晚上正好有她的演出，咱们主动找她去。”“好!”石云痛快地答应道。

第三章 失而复得

就在这时，房间的门"嘭"的一声突然被撞开了，石云的助手小崔跑了进来，他抑制不住脸上的兴奋，高兴地进门就喊道："报告一个好消息！"说完话他才看到陈亮也在，便有些不好意思地说道："哦，都在啊。"然后又往后退了几步，站到了门外，这时他调皮地看着石云和陈亮问道："可以进来么?""你不是已经进来了吗?"陈亮笑着站

☆这时，门被推开，石云的助手小崔走了进来，兴奋地说："我还以为有多复杂，下午我刚查到有一位蹬三轮车的工人，在车站拉过我们怀疑的那个人，他还说下班后在家等我们呢！这是他写下的地址。"

了起来。石云也从椅子上站起来，走上前去问道："小崔，什么好消息?""先给颗烟再说。"小崔一边脱去外套一边看着陈亮说道。"呵呵……给!"石云直接将放在桌上的那包烟扔给了小崔。小崔接过烟说道："你算是抓住了我的特点，办案不抽烟，破案才开戒。"小崔抽出一支烟，然后对石云和陈亮说道："告诉你们，公文包从天而降，自己飞回来了。""哦!""啊!"石云和陈亮几乎是异口同声，都表示出了惊讶。这时小崔自豪地说："我当多复杂呢，没出二十四小时就结了案。下午啊，我刚查到有一位蹬三轮车的工人，在车站拉过我们怀疑的那个穿灰色衣服的人，他还说下了夜班后在家等我们呢!"这时小崔从裤子的口袋里掏出一张纸说道："这是他写下的地址。"

案子这么轻而易举的不费吹灰之力就破了，可把小崔

☆小崔告诉石云，丁局长让他们马上到陆大姐家去一趟，说着小崔把原来写有三轮车工人地址的纸条揉成团丢在烟缸里。石云捡起了纸团，仔细收好。她对陈亮说不能一起去看演出了。

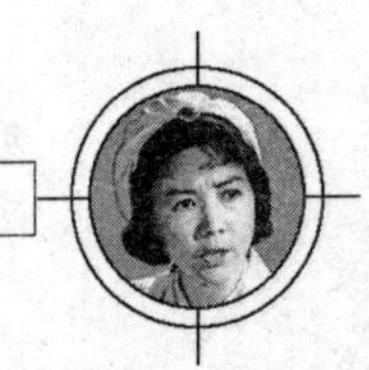

高兴坏了。局里的同事都知道，小崔有个不成文的规矩，每有新案子，不破案不抽烟，案子啥时候破了，啥时候抽，这次小崔也没破例，案子破了，当然得开心地抽烟了。这时小崔告诉石云，丁局长让他们马上到陆大姐家去一趟，说着小崔便将手中拿着的原来写有三轮车工人地址的纸条揉成了一团丢在了桌上的烟灰缸里。这时石云一边从衣架上拿外套一边对陈亮说：“陈亮，音乐会我不能去了。”“好，我自己带薇薇去。”陈亮从椅子上站起来说道。然后石云拿着外套和等在门口的小崔往门外走，突然，石云好像想起了什么似的，又返了回来。陈亮和小崔正在诧异，只见石云站在桌子前，从烟灰缸里将方才陈亮扔在里边的记着三轮车工人地址的揉成团的纸条捡了起来，她把纸条拿在手里，重新打开，再捋平，看了看纸条上的内容，然后又重新折好，放在了口袋里。然后和小崔一块儿往陆大姐家走去。

石云和小崔一起来到了陆大姐家。丁局长、李化、陆大姐都在，还有两位大夫。李化接过公文包，打开锁卡，仔细地检查着包里的物品。经过认真检察，确定只是丢了些钱和粮票，里边最重要的图纸还在。陆大姐看着李化终于放松下来的表情，指着李化手里紧紧抓着的公文包笑着对大家说：“钱丢了是小事儿，只要这个在就放心了。”“咦，大家都坐嘛，都站着干什么?”陆大姐不愧是个热情人，看大家都站着，忙招呼大家坐下。大家才感觉都太激动了，一直围着在看公文包，经陆大姐这么一说，大家才纷纷找地方坐，有的坐在沙发上，有的坐在椅子上，有的坐在了凳子上，有的站着。这时陆大姐又吆喝让保姆烧水给大家沏茶，“阿姨，烧些开水喝。阿姨……”吆喝了几声，却不见有人回答，看来是出去了。陆大姐只好放弃了让大家喝茶的念头，她站在坐在沙发上的两位医生面前说道：“啊呀，可得好好谢谢古大夫和金大夫，要不是他俩把

公文包给捡到了，可真要把我给急坏了。”

☆石云和小崔一起来到陆大姐家。丁局长、李化、陆大姐都在，还有两位大夫。陆大姐指着公文包笑着说：“钱丢了是小事儿，只要这个在就放心了。可得好好谢谢古大夫和金大夫……”

陆大姐的话刚说完，做在沙发上的光着脑袋、手里拿着一把折扇的老头看着旁边沙发上坐着的李化，对大家不紧不慢地说道：“这个包是金大夫偶然捡到的，不值得谢。”听了这个古大夫的话，石云感觉很有必要了解一下这个金大夫捡到这个公文包的整个过程，毕竟包里的物品非同寻常，同时对这件案子的结案也是有很大帮助的。另外从一名侦察员的角度上去讲，这个捡拾的过程可以说是一个重要的环节，是必须要知道的。这时站在丁局长旁边的石云对捡到公文包的古大夫和金大夫二人说道：“是不是请你们二位谈谈捡到公文包的经过。”说完石云还看了看身边坐着的丁局长，丁局长与石云两双眼睛对视了一下，丁局长便也对古大夫和金大夫说道：“好啊，就当个故事听听也好

嘛！”听丁局长都这么说了，站着的姓金的年轻大夫看了看坐在沙发上的古大夫，用征求的口气问道：“老师……”古大夫很客气地对金大夫说道：“你给大家讲讲吧。”

☆石云对捡到公文包的古、金二位大夫说：“是不是请你们二位谈谈捡到公文包的经过。”丁局长也说：“是啊，当个故事听也好嘛。”古仲儒大夫对他的学生金大夫说：“你讲讲吧！”

金大夫于是给大家讲起了事情的经过：“今天吃过晚饭后，我和老师到陆同志家来看病，我们走到珍珠巷……”捡到公文包的经过仿佛又出现在了金大夫的眼前：金大夫和古大夫两人共撑着一把黑色的布伞在珍珠巷里冒雨走着，古大夫手里拄着拐棍，金大夫一手撑着伞，一手拎着药箱。就在这时，金大夫好像发现前边有个人影一晃，金大夫忙轻声地吆喝古大夫：“老师，你看。”金大夫一边说一边用眼神示意古大夫看前边，二人看到，在距二人前方不太远的地方，昏暗的灯光下，一个人撑着一把伞，好像把一包什么东西扔进了垃圾箱中，然后这个人撑着伞，借着夜色慌慌张张地跑了。金大夫和古大夫二人很是纳闷，这大晚上的，天还下着雨，路又不好走，灯光也不好，谁还出来扔垃圾呀？还有，扔垃圾就扔垃圾吧，干嘛还鬼鬼祟祟的呢？这里边肯定有问题。二人见那个人影已经跑的看不见了，便小心翼翼地向那个垃圾箱走去。

☆金大夫于是讲起了事情的经过："今天吃过晚饭，我和老师到陆同志家看病，我们走到珍珠巷……"捡包的经过仿佛又出现在金大夫的眼前：他们俩打着伞正走着，忽然前边有个人影一晃，只见一个人把一包东西扔进了垃圾箱。

两人走到垃圾箱边，金大夫把伞和手里的药箱递给了古大夫，然后他弯腰将手慢慢伸进垃圾筒里，在里边摸索着。金大夫想看看刚才那个黑影鬼鬼祟祟地扔的是什么东西，干嘛这么慌张。金大夫的手刚伸进垃圾筒，就摸到一个好像是用报纸包着的东西，然后他就将这个东西拿出来了。借着昏暗的灯光，他看到，一张四开的报纸严严实实包裹着一个物品，然后他把这个报纸轻轻地打开，看到里

边是个黑色的公文包。古大夫看着公文包说道："怎么把皮包扔了？"金大夫看着古大夫说道："有可能是小偷，他看见咱们来了，所以急忙把它扔了。""嗯，有可能。"听金大夫这么一说，古大夫也认为是这样。然后他看着金大夫手里的公文包对金大夫说道："咱们先去看病吧，看完病再去把这个公文包交到派出所。""好！"金大夫一边答应着，一边将报纸简单地折了下和公文包一块拿在手里，然后两人继续朝陆大姐家走去……金大夫继续向大家讲述着："我们离开珍珠巷以后，就直接向陆同志家走去……"

☆金大夫从垃圾箱取出那包东西打开一看，原来是个皮包。金大夫猜测道："可能是个小偷。"古大夫说："咱们先去看病，再把皮包送派出所。"于是两人先到了陆大姐家。

这时陆大姐见金大夫说到到她们家了，她便接着讲起来："古大夫和金大夫进来以后呀，我一眼就看见金大夫手里拿着的这个公文包，我问怎么今天来给我看病还带上公文包了呀？金大夫说是捡到的，还说一会儿要往派出所送。

当时我就想，说不定这就是老李丢的那个公文包呢！”说着说着，陆大姐显得有些激动了。她继续讲到：“我对金大夫说我看看，然后我就把这个公文包从金大夫的手里拿了过来，然后我慢慢地打开公文包，仔细一看，果然里边有一张图纸……”说到这儿，陆大姐简直高兴地要跳起来了。她又讲到：“我看了以后呀，也不知道这张图纸是不是老李那张，是不是你们要找的那张非常重要的图纸，所以我就给你们打了个电话。”丁局长和石云等人没有说话，静静地听着。这时金大夫说：“当时老师还怕陆同志不明白事情的经过，让我去帮着讲。”

☆陆大姐接着讲起来：“他们进来以后，我一眼就看见金大夫手里拿的这个公文包，听他们说是捡到的，当时我想，说不定正是老李丢的那个公文包呢！”陆大姐越说越兴奋，“我打开一看，果然里面有张图纸。于是我就去给你们打电话。”

丁局长看陆大姐和金大夫已经将整个事情的经过讲完了，便笑着说：“好了，麻烦你们大家了。”然后丁局长又

站起来，看着陆大姐说道："陆大姐不用着急了。您先看病，别耽误了，我们走吧！"说到最后，丁局长看了看身边的石云和小崔还有李化。然后丁局长、石云、小崔和李化四人便走了，见丁局长他们几个要走，古大夫也站了起来，热情的陆大姐还跟着走出了门外去送丁局长、石云、小崔和李化。屋子里就剩下古大夫和金大夫两个人了。包已经找到了，但好像丁局长并不是那么的兴奋和激动，就连石云也好像若有所思，这么重要的公文包，丢得很奇怪，找回来得更奇怪，就这么轻而易举地被捡到了……只有小崔还在乐呵呵地，在庆祝案子结了，可以再一次吸烟了。既然古大夫和金大夫把捡到公文包的过程已经讲完了，陆大姐也做了补充，那么具体的事情回去再研究吧。毕竟人家陆大姐请古大夫和金大夫来是看病的，他们不是专门来破案的……

☆丁局长站起来说："陆大姐不用着急了。您看病，我们走吧！"说着和李化、石云他们一起走出门。

丁局长、石云、小崔和李化走出陆大姐家的大门口，李化马上就要和丁局长他们分道扬镳了，便跟丁局长告别："丁局长，再见！"丁局长站在车前，看着手拿公文包的李化说道："先别着急说再见嘛！老李呀，这个公文包我想再用一用，你看可以吗？"老李听了丁局长的话，有些纳闷，公文包自己已经检查过了，除了钱和粮票不见了，图纸还在，图纸自己也看了，没问题，就是自己的那张。那这丁局长还要用这个包干什么呢？不过丁局长是名警察，自己和他认识这么多年了，也是老朋友，他跟自己要这个公文包，一定是有原因的，也许是得走什么程序吧，毕竟这个包是丢了后再被捡到的……沉思了片刻，李化对丁局长说道："好吧，请你将这个公文包好好地检验一下！"一边说着，一边将手中的公文包交到了丁局长手中，丁局长接过公文包，热情地和李化握手告别。"再见！""再见！"然后

☆走到大门口，丁局长对李化说："这个公文包，我想再用一用。"李化一怔说："好吧，请您检验一下。"说着把包交给了丁局长。

丁局长的车和李化的车分别消失在夜色中。

丁局长他们的车行驶在被夜色笼罩着的马路上，汽车内，石云坐在驾驶员的位置上驾驶着汽车，丁局长坐在副驾驶员的位置上，小崔坐在后排座上。后排的三人长座很宽敞，小崔开心地坐在中间，一边抽着烟，一边将身子爬在驾驶员和副驾驶员两个座椅的靠背中间轻松地对丁局长说道："局长，我请求，以后分配一个复杂的案件给我，我也好进一步得到锻炼。"说完小崔悠闲地从嘴里吐了个烟圈出来。听了小崔的话，丁局长还没开口，正在驾驶汽车的石云侧着脑袋看了一眼扬扬自得的小崔说道："怎么，这个案子还简单吗？"小崔笑着说："一个普通的盗窃案，扒手眼睛里所看到的是公文包里的钱和粮票，图纸在他的眼里呀，就像小孩画的画一样，丝毫没有价值。钱到手以后，

☆坐在车里，小崔吸着烟轻松地对丁局长说："我想申请办复杂一点儿的案件，也好得到锻炼。"正握着方向盘的石云反问道："你认为这个案子简单吗？"小崔说："这是个普通的盗窃案，小偷看重的是钱，钱到手后，图纸就扔掉了。"

图纸自然就扔掉了。”小崔从警也有三四年了，是学校毕业后分到市公安局的，也跟着石云参与过一些案件的侦破，但毕竟还年轻，社会阅历少，经验不足，看问题自然也相对要肤浅些。

听了小崔的话，石云一边认真地开车，一边发表着自己的看法：“我不敢苟同你的意见，你敢保险，图纸没出问题?”听石云这么说，小崔好像有些不服气，反问石云道：“那你说呢?”石云严肃地对他说：“在罪犯没抓到以前，你这个判断是不是下得太早了?”见小崔没有吱声，石云想听听丁局长的意见，便看了一眼在副驾驶位置上坐着听她和小崔讲话的丁局长问道：“局长，你说呢?”“哈……我想睡觉了!”局长没有正面回答，只是轻轻地叹了口气，像是打了个哈欠。石云总感觉这件案子有些蹊跷，一个这么重要的公文包，平白无故地在火车站弄丢了，但还没过多久，

☆石云说：“我不敢苟同你的意见，你敢保险，图纸没出问题?在罪犯没抓到以前，你这个判断是不是下得太早了?”

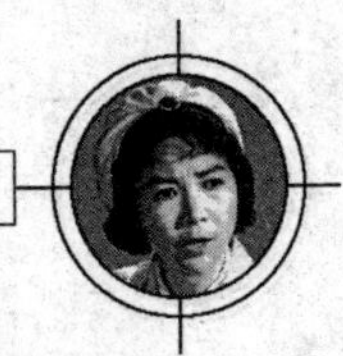

居然就被人捡到了。让人不解的是，这个公文包居然是在陆大姐家附近被捡到的，陆大姐恰好那天去火车站接李化了。更值得怀疑的是，公文包里如此重要的图纸居然还完好无损……这一切听上去是那么的天衣无缝，那么完美，难道这丢包和捡包真的是巧合？……无数的疑问在石云的脑子里飘荡着。

丁局长可能真的是太劳累了，也许是困了吧，他微微地收拢了下风衣，然后将头靠在了靠背上，闭上了眼睛。石云看着旁边的局长，打趣道："局长，你抱着个公文包睡觉，能睡得安生吗？"听了石云的话，丁局长没有说话，只是睁开眼看了看石云，然后笑了笑。倒是坐在后排的小崔，好像意识到了什么，连忙将手里点燃着的香烟熄灭了。丁局长也意识到了这个案件有些与众不同，虽然说从目前的情况来看，无论是李化丢公文包还是古大夫和金大夫捡到

☆丁局长微微收拢一下风衣，闭上了眼睛。石云打趣道："局长，你抱着公文包，能睡好吗？"小崔见状，赶忙熄灭了烟。

包都很正常，看不出什么问题。但如此重要的机密图纸，居然在经过这番被盗风波后“毫发未损”，依然安全地躺在公文包里，这不得不让人心有余悸。由于图纸不能吃不能喝，也不值钱，所以小偷并没有将图纸扔掉，这些貌似都合乎情理。但丁局长也觉得事情并非丢和捡这么简单。所以今晚在从陆大姐家出来后，他从李化那里把这个公文包又要了过来，准备回去好好检查一下。

晚上音乐厅里，座无虚席，大家都趁着晚上的时间，来感受音乐的魅力，享受下高雅艺术。陈亮和女儿薇薇坐在第一排，两人正在欣赏着音乐。但是在陈亮的心里，却正在思虑着白天的那个皮包失窃的案子。白天在公安医院，已经知道案子的重要性，特别是当时李化焦急的表情，就更能说明那份图纸的重要。但如此重要的东西，怎么说找到就找到了呢？他又想起了晚上小崔到他家报告好消息的

☆晚上音乐厅里，座无虚席。陈亮和女儿薇薇正在欣赏音乐。可他的心里，却正在思虑着白天的那个皮包失窃案子。

情景。一个特别关键的公文包，白天刚在火车站莫名其妙地被盗，晚上就已然找到了。这可以说是一个奇迹，自己在部队干保卫工作多年，也经常与公安局的同志们并肩作战，但如此蹊跷的案件，还是很少见。还有，最近23号又有了新动向，开始频繁地活动。莫非这次图纸被盗案件与她也有关系？优美动听的音乐在音乐厅回响着，动听的旋律传遍了每一个角落，陈亮在这悠扬动人的乐曲声中，继续沉浸在公文包失窃的案件中。

空旷的舞台上，一架高大的钢琴摆放在中间，明亮的聚光灯下，一位漂亮、年轻的女士正在演奏着钢琴。只见她的双手，灵活地在黑白相间的琴键上跳动着，十个灵动的手指，像十个赋予了生命的灵魂，在欢快地跳跃、飞舞。随着这名年轻漂亮女士十个手指娴熟的舞动，动听的乐曲弥漫了整个音乐厅。大家被这优美的旋律所吸引，已经忘记了音乐厅的密不透风所带来的闷热，手里拿着的扇子也

☆台上，一位漂亮的女士正在演奏钢琴，一曲终了，台下响起了掌声。

成了一种摆设或是装饰。那股闷热，已经被这美好的音乐所驱散，变成了一股沁人心脾的幽香，让每个人都沉浸在这个静谧、温馨的乐曲当中。大家静静地听着，仿佛听到了汪洋大海上波浪拍打着轮渡的声音；仿佛听到了原始森林深处灵蛇狂舞的声音；仿佛听到了内蒙古大草原上骏马驰骋的声音；仿佛听到了蔚蓝天空中雄鹰搏击的声音；仿佛听到了高山中百灵鸟的歌声……大家在优美的音乐中，看到了大海、看到了蓝天、看到了草原、看到了森林、看到了高山……一曲终了，台下响起了热烈的掌声。

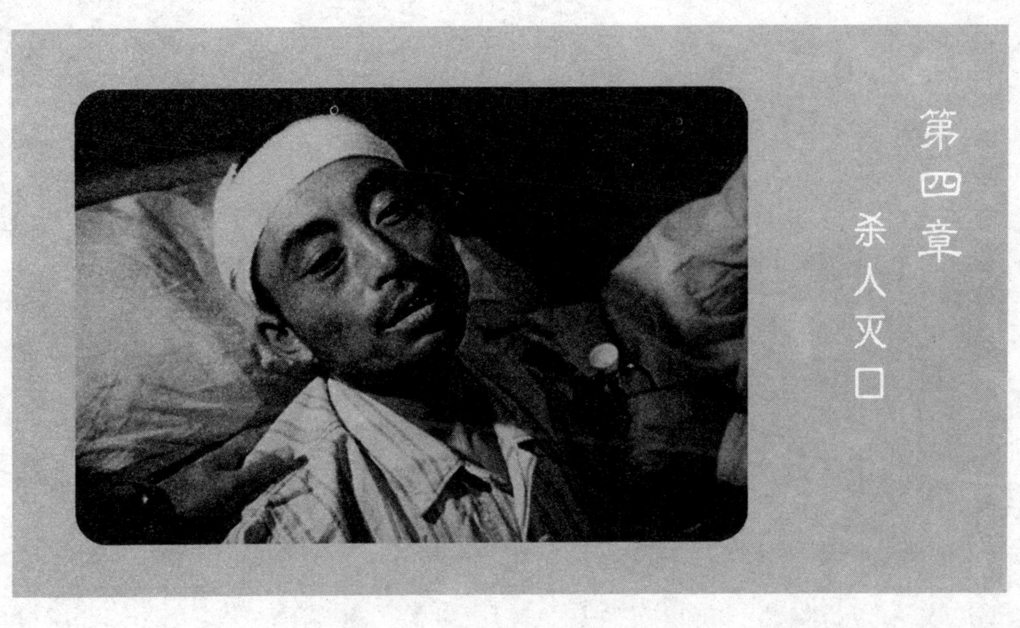

第四章 杀人灭口

同一时刻，石云已经奔波在夜色笼罩的郊外的路上。把丁局长和小崔送回局里后，石云越想越感觉这个案子太蹊跷，总感觉里边有问题，所以她顾不上休息，就连夜摸着黑准备去那个拉灰衣人的三轮车工人家里了解情况。借着微弱的月光，她拿着小崔扔掉的那个写有三轮车工人地址的纸条，按照上面的地址，终于在郊外找到了那个三轮车工人的家。刚到这个三轮车工人家门口，里边一个妇女

☆同一时刻，石云拿着小崔扔掉的三轮车工人的地址，在郊外找到了那人的家。他家里人说："他刚刚让人叫走了，说是个病人，急着用车呐。来的人说话结结巴巴的，我也没听清楚去哪儿。"

正好出来了，石云忙问道："大姐……""同志，你是找谁呀?"这个妇女看着石云问道。石云答道："我找王同志。""请到家里坐吧，他刚刚让人给叫走了。"原来这个妇女是那个三轮车工人的家人，听说这个三轮车工人已经让人叫走了，石云嘟囔着说道："他说在家等我的呀?"三轮车工人的家人看着石云的表情说道："说是有个病人，急着要车。"石云忙问道："到什么地方?"三轮车工人的家人说道："那个人说话结结巴巴的，我也没听清楚说是去哪儿。"

"哦，是个结巴?"石云一听三轮车工人的家人说叫车的人是个结巴，石云心里就起了疑问。在火车站上有偷包嫌疑坐三轮车的就是个结巴，今天晚上叫车的又是个结巴，这两个结巴难道是一个人？石云越想越感觉情况不对，她当机立断，马上追问三轮车工人的家人："你见他们往哪个方向去了呀?"三轮车工人的家人用手指了指黑乎乎的远处

☆石云一听说是个结巴，马上追问："他们去哪个方向了?"三轮车工人的家人用手指了指说："往铁路南边去了。"石云立刻朝那个方向追去。

说道："往铁路南边去了。"这么晚了，朝铁路南去干什么呢？再说那边也没有住着人家呀，就更别说是医院了。无论是去家里接病人还是送病人到医院，都不该往这个方向走，这个地方很偏僻，白天平时就很少有人走，更别说这大晚上的……越想感觉越有问题，石云顾不上细说，马不停蹄，立刻就朝那个方向追去了。天很黑，由于是郊区，三轮车工人走的那条路也是崎岖不平，石云就跌跌撞撞地深一脚、浅一脚地急急忙忙跟着往铁路南走。漆黑的夜、空旷的郊外，多年的警察生涯，已经让石云忘了什么是恐惧与害怕。

此时，老实巴交的三轮车工人正拉着一个人在崎岖的路上行驶着。这个人好像腿脚不好，手里居然还拿着根拐棍。头上包着纱布，嘴上还戴着一个大大的口罩，还不时地用手绢捂着嘴，好像怕口罩随时会被风吹掉似的。在他们的身后不远处，石云正在着急地赶着路。天太黑了，没

☆此时，三轮车工人正拉着一个人在路上。这人头上包着纱布，戴着口罩，还不时用手绢捂着嘴。

有一颗星星，仅有的月亮也被厚厚的云层遮住了，好像是被蒙上了一床被子，透着微弱的光。石云并没有看到前边的三轮车工人和拉着的那个人，她只是焦急地朝着铁路南边快速地走着。虽然晚上有些凉，但石云却走得大汗淋漓，她索性将外套脱了下来，拿在手里，上身穿一件半袖，这样会凉快些。郊区的夜不是一般得黑，被乌云遮掩下的月亮只是偶尔会从飘过的云层的空隙中透出斑驳的光，看上去是那么得清冷。郊区的夜很静，听不到一丝的声音，除了田野里蟋蟀喋喋不休的鸣叫和小溪流水的哗哗声还有远处村子里偶尔传出的一声狗叫，别的就几乎听不到什么声音了。

三轮车工人在使劲地踩着三轮车的脚蹬子，恨不得能让车子飞起来。汗水已经浸湿了头上戴着的帽子，顺着下巴直往下掉。石云在努力地赶着，她希望自己能更快些，

☆路过铁路时，三轮车工人跳下车，准备推车过去。这时，后座那个人，突然拿起手里的拐棍，朝他的头部猛地打去，三轮车工人立刻昏倒在铁轨上。

此时，她听到的只有自己粗重的喘息声和呼呼的心跳。要过铁路了，由于铁路在坡上，与下边有一个小的落差，蹬不上去，只能推。所以三轮车工人一下子从三轮车上跳了下来，然后一手扶着把，一手扳着车座，弓着身，弯着腰，绷着腿，用力地拉着三轮车往前走。就在三轮车刚上铁轨时，三轮车后座上的那个人，突然把靠在车座背上的身子直了起来，只见他身子略向前一倾，突然双手扬起手里的拐棍，用力朝这个三轮车工人的头部猛地打了下去，可怜的三轮车工人连“哼”都没“哼”一声，就立刻昏倒在了冰冷的铁轨上。这一拐棍打得太狠了，最关键的是三轮车工人没有一点防范，当时他在一门心思地用力地推三轮车过铁路，哪曾想到会有这飞来横祸，所以一声不吭地就倒下了。

三轮车上坐着的这个人见三轮车工人倒在了铁轨上，

☆那人见得逞了，连忙把三轮车推到一边溜走了。不一会儿，石云朝这边走来，她一眼看到歪在一边的三轮车和倒在铁轨上的人，而恰在此时一辆火车正鸣着汽笛朝这里驶来。

一动不动，知道自己的阴谋得逞了，便连忙将刚推到铁路上的三轮车推到一边儿，自己溜走了。这时石云正在快步地走着，此时她的心里也已经有所预感，好像感到有什么不好的事情要发生。她一路边走边想，越想越感觉这个坐车的人有问题。这个结巴肯定就是白天火车站上的那个结巴，他这么晚叫三轮车工人出车，估计不是有什么病人，肯定是居心不良，图谋不轨。脑子里这样想着，石云的脚下走得更快，她已经顾不上天黑路不好走，她现在脑子里想的是三轮车工人的安危。公文包被盗的案件，三轮车工人是唯一与这个偷公文包的结巴接触过的人，是最关键的证人，他千万不能出什么意外……不一会儿，石云就朝这边跑来了，她一眼就看到了歪在一边的三轮车和倒在铁轨上一动不动的三轮车工人。而正在这时，不远处，一辆火车正鸣着长长的汽笛朝这里轰隆着驶了过来。

火车刺眼的灯光照亮了整个前方，车轮的轰隆声像是催命的鼓槌在石云的心口上敲打着。石云见火车马上就要过来了，她也顾不上想太多，只见她把手里拿着的外衣一甩，飞一般地朝着铁轨跑去。现在可以说是生死时速，石云是在与火车赛跑。火车眼看就到了面前，石云一个箭步冲到铁轨上，用尽全身力气，抱起倒在铁轨上的三轮车工人，就势向路基下滚去。火车从石云的身边呼啸着过去了，石云的脑袋在嗡嗡作响，耳朵也是不停地鸣叫。沿着路基的护坡，石云和三轮车工人打了好几个滚儿，才分别停在两个不同的地方。在从路基往下翻滚的过程中，石云感觉到自己的身上皮开肉绽，全是口子。但她顾不上自己的疼痛，强忍着剧痛，又急急忙忙地爬起来，连滚带爬地朝三轮车工人跑去，只见三轮车工人额头上好像在出血，身上也有好多伤痕，好像还失去了知觉。石云抱着三轮车工人，想叫醒他，可惜无济于事，看来得尽快送他去医院……

音乐会结束了，陈亮带着女儿薇薇在休息室里休息。

☆石云把外衣一甩，飞一般地朝铁轨跑去。火车眼看就到了面前，石云用力抱起倒在铁轨上的人，就势向路基下滚去……

这时，卸了妆的女钢琴师正在休息室不停地寻找着什么。突然她眼前一亮，吆喝道："陈参谋!""哦，节目完啦?"陈参谋看是女钢琴师，忙和她打着招呼。女钢琴师有些激动地说道："真没想到，您一收到了我的信就来看我的演出。"这时女钢琴师看到了陈亮前边站着薇薇，忙弯腰问道："哎，妈妈怎么没来呀?"薇薇看着女钢琴师答道："妈妈开会去了。""哦，薇薇真乖!"女钢琴师边说边摸了摸薇薇的脸蛋。然后她看着陈亮问道："我弹得还好么?"陈亮对她说："方丽，你弹得很好，只是感觉你稍微紧张了一点儿。"听陈亮如此说，方丽低下头说道："这几天我心情坏极了。"陈亮假装关心地问道："为什么呢?"方丽没有马上回答，而是找了个位置和陈亮坐了下来。然后方丽对陈亮说道："我在深圳有个老姐姐，今天忽然打来电报说病了，我心里非常难过。我想带些东西过去看她，可是深圳是禁区，办理到禁区的手续又非常麻烦。”听方丽这样说，陈亮安慰她道：“像你这种情况上级很快就会批下来的。”

☆卸了妆的女钢琴师在休息室见到了陈亮。方丽说：“这几天我心情坏极了。我在深圳有个老姐姐，忽然打电报说病了，我想去看她。可深圳是禁区，手续很麻烦。”陈亮安慰她：“像你这种情况上级很快就会批下来的。”

听了陈亮的话，方丽面带愁容地说道：“可是我现在没时间等呀，唉……”说到这儿方丽无奈地叹了口气，突然她眼前一亮，看着陈亮恳求道：“要是您可以帮忙，搭您的车一块儿去，当天去当天就可以赶回来！”陈亮浅浅地笑了笑说道：“带你到禁区……”方丽看着好像有些为难的陈亮说道：“您是边防部长的参谋嘛。”“哎呀，这事儿……”陈亮的表情好像很为难的样子。方丽一见陈亮这么说，看来是有转机了，忙换了战术，她说道：“您看我，提了一个不该提的问题。”“哎，你打算什么时候走呀？”陈亮看着方丽

有些撒娇的样子问道。“看您的方便!”方丽没想到陈亮会同意，一听他这样问，高兴坏了。陈亮看着方丽高兴的样子说道：“这次我是来开会的，还要过好几天才能回去。”这时方丽说道：“哎呀，从我的心情来讲，当然是越快越好了。”“噢。”陈亮说道：“哎，对了，明天是我们会议休息日，正好我要回深圳取点儿材料，如果能批一张通行证的话……今天晚上就可以走!”方丽一听说今天晚上就可以走，有些激动：“那当然好啦。可是我来不及请假了呀，最好是再过一两天。”“好，那我再想想其他办法吧!”陈亮对方丽说道。

☆“可是我没时间等啊，要是您肯帮忙，搭您的车一块去，当天就可以赶回来。”方丽向陈亮恳求。陈亮问：“你打算什么时候走?”方丽说：“我还没请准假，最好再过一两天。”

在医院的急诊室外，三轮车工人正在急诊室内进行抢救，石云正焦急地等待着抢救三轮车工人的结果。她希望这个三轮车工人能够醒过来，他现在可是这件案子的关键。

从目前的情况来看，她和丁局长的分析有可能是正确的，案子远不是像小崔说的这么快就轻而易举地结案了，里边复杂着呢。急诊室里的大夫们依旧在不停地忙着抢救三轮车工人，石云放心不下，可是又不能进去，只好在急诊室外来回走动着。急诊室的门终于开了，石云忙跑过去询问情况，只见被口罩和白衣服包裹着的女大夫并没有说话，只是摇了摇头，示意抢救并没有结束，还在继续。见此情形，石云又焦急地在门外不停地来回走着。接下来，急诊室的门频繁地开关着，不停地有大夫进出，大夫的这种忙碌，让石云有种不好的预感，可是她又不能冲进去，就只好在外边等着。石云累了一天了，有些熬不住了，但是她依然坚持着。她坐在急诊室门外的椅子上，晚上有些凉了，她不觉得抖了抖身体。凌晨时分，陈亮来到医院看见石云坐在椅子上睡着了，心疼地把一件外套披在了她的身上。

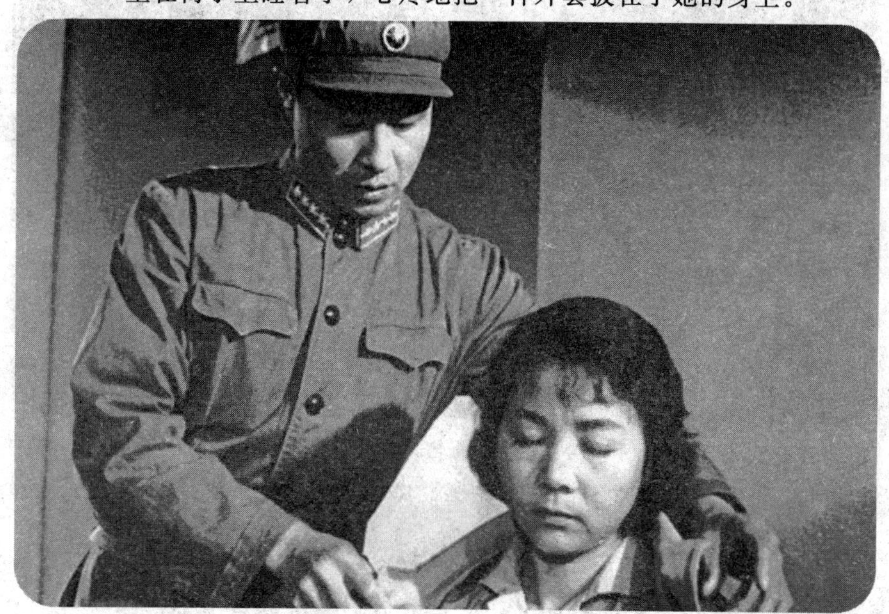

☆医院的急诊室外，石云正焦急地等待着抢救三轮车工人的结果。凌晨时分，陈亮来到医院看见石云坐在椅子上睡着了，就把一件外衣披在她身上。

尽管陈亮的动作很轻微，但敏感的石云还是被这细小的动作惊醒了，她脑子里全是案子的事情，怎么可能睡得踏实呢。陈亮知道石云今天累得够呛，来来回回地跑了好多地方，太辛苦了，他也心疼她，所以刚才看到她坐在椅子上睡着了，心里很是不好受，但他原本不想打扰她，想让她多睡会儿，可惜，石云还是醒了。“是你！”石云重新把外套披好，看着陈亮。陈亮从旁边拿了把椅子过来，坐在了上边，然后说道：“我知道情况已经很晚了，三轮车工人现在怎么样？”石云说道：“目前正在抢救，是严重的脑震荡，情况很危险。”“哦！”陈亮心里也感觉到三轮车工人伤得不轻，两人不约而同盯着急诊室的门，希望能从里边传来好消息。石云说道：“看来是想灭口啊。”“嗯，是这样！”陈亮也这么认为，他说道：“这就是说，斗争更加尖锐，更加复杂了。”这时石云问他道：“你那里 23 号有什么

☆石云惊醒后对陈亮说：“敌人想灭口。你那里 23 号有什么动静？”陈亮说：“她急迫地要搭车离开广州，可又不马上走，如果她是这个案子里的人，东西可能还没转到她手里。”

动静?”陈亮说道：“她急迫地要求搭车离开广州，可她又不马上走，如果她是这个案子里的人，东西很有可能还没有转到她手里。”陈亮一边说一边思索着。石云说道：“要赶快找到行凶的人!”

这时，急诊室的门终于打开了，参与抢救三轮车工人的大夫们都出来了，石云和陈亮急急忙忙迎上去询问情况。急诊大夫摘下口罩，看着石云焦急的表情说道：“人是抢救过来了，但是要马上送到病房里去。”人总算是抢救过来了，石云和陈亮悬着的心终于落地了。特别是石云，为了案子付出了太多，为了救这个三轮车工人，她可以说是把命都快搭上了。现在三轮车工人总算醒过来了，那么这个要杀人灭口的人也就能找出来了，只有将这个人找出来，所有的阴谋才会被揭穿，案子才能大白于天下。从刚才陈亮说的情况来看，23 号已经有所行动了，看来是要急于出

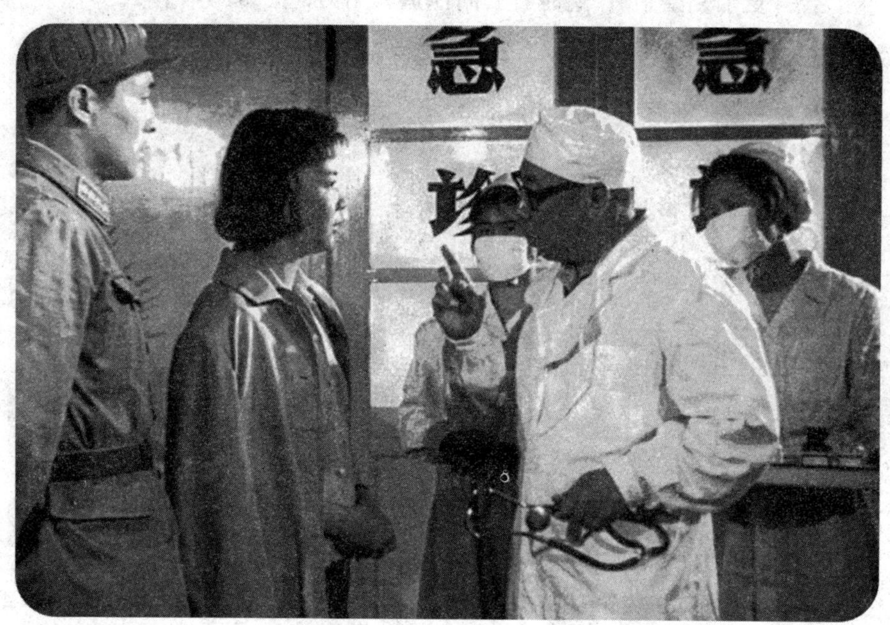

☆急诊室的门推开了，石云他们急忙迎上去询问情况。急诊大夫摘下口罩说：“人是救过来了，但要马上送病房。”

境，预料的不错的话，23 号没准和这个案子有一定的联系，很可能她就是这个案子幕后的指使者。当然，目前罪犯还没抓到，一切都只是猜测。不过现在三轮车工人已经被抢救过来了，那离真相也就越来越近了。石云和陈亮在急诊室外等着护士给三轮车工人送入病房。

在病房里，三轮车工人已经苏醒过来了，只见他头上缠着厚厚的纱布，脸色发白，看上去很是憔悴。在石云和陈亮的搀扶下，他坐着向石云讲述了事情发生的经过，一直讲到了突然感觉头被狠狠一击，然后就昏过去了，醒了就在医院的床上了。讲完这些，三轮车工人有气无力地斜躺在了叠着的被子上。听了三轮车工人的话，石云和陈亮交换了一下眼色，石云对陈亮说道："看来，情况和估计的一样。""嗯。"陈亮又问三轮车工人道："打你的那个人是

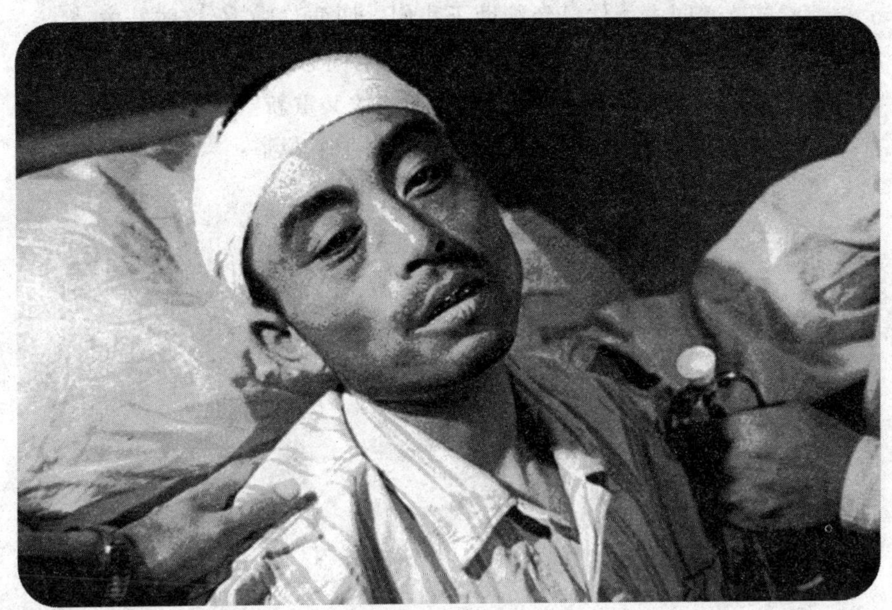

☆在病房里，头上缠着纱布的三轮车工人已经苏醒过来。他向石云他们讲述了事情发生的经过，又告诉她说："那个人的声音和个头都有些像那天拎手提包的人。"

不是那天拿手提包坐你车的人?”这时三轮车工人又挣扎着抬起头说道：“那个人的声音和个头都有些像那天拎着手提包坐我三轮车的那个人。”听了三轮车工人的话，石云更肯定了自己的想法。石云看了看陈亮，然后对他说道：“那我们现在就去吧。”三轮车工人一听说要去找那个想要杀害自己的人，强忍着疼痛，忙探着身对石云说道：“我也去，我给你们带路。”“不，你现在还不能离开病床，你要好好休养。”石云听说三轮车工人也要去，忙劝着他。三轮车工人看着石云，认真地说道：“同志，你这是说的什么话。人家豁出命来救我，我这算个什么？听说救我的还是女同志，走，我跟你们去。”一边说，三轮车工人一边撩开盖在自己身上的被子，要下床。他并不知道，救自己的女同志就是站在眼前的石云。石云怕影响三轮车工人养病，忙对他说道：“同志，你已经帮助了我们，谢谢你啦。”这时一旁站着的大夫也对三轮车工人说道：“同志，你现在还不能走动，要好好养病。”三轮车工人这才又重新躺下了，就在石云和陈亮临走时，三轮车工人还对他们说道：“有事尽管来找我!”

第五章 虚惊一场

石云和同事小崔走在市区的公路上，两人要去一个地方。很快，他们找到了受伤的三轮车工人所说的地址——一家凉茶铺。这家凉茶铺好像规模不是很大，临街，门口不时有人过来过去的，卖凉茶的话位置虽说不是很好，但也勉强可以了。凉茶铺的门口就是一条宽阔的马路，可以走汽车什么的，过重的车辆也不少。这时小崔向石云介绍着了解的情况："当地的派出所介绍说，这家的户主叫周明，解放前特别穷，不过现在好多了。周围邻居反映，这

☆石云和小崔找到三轮车工人说的地址——一家凉茶铺。小崔已经调查过了：这家户主叫周明，邻居反映他们夫妻这些天老是吵架。

些日子不知道为什么，周明他们夫妻俩老是吵架……哎，你看……”正在这时，一个后背上用宽布条背着小子的妇女端着一盆水从凉茶铺里走了出来，走到门口的马路边，然后将盆里的水泼到了马路上，然后又背着孩子回去了。小崔指着刚才背着孩子泼水的妇女对石云说道：“这个人就是周明的老婆。”听了小崔的介绍，石云心里已经大概有了个了解，然后她给了小崔一个眼色，示意他先撤，她去凉茶铺侦察一下。

小崔按照石云的意思，自己先撤了。石云上身穿一件白色的半袖衬衫，下身穿一条深色的裤子，右手拎着一个白色的手提包，一个人向凉茶铺走去。石云很快就来到了这个凉茶铺，刚到凉茶铺门口，她一眼就看到了挂在墙上的有火箭图案、旁边还写着“广州”两个字的帆布包。看到这个帆布包，石云的心情略微有些激动，她努力让自己

☆石云走进凉茶铺，一眼就看到挂在墙上的有火箭图案的帆布包。她定了定神，走进店内对背着孩子的妇女说：“我是电话局的，来查查线。”

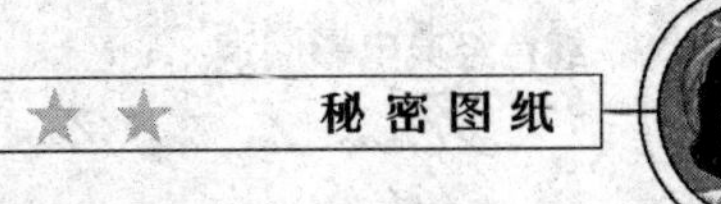

定了定神，然后走进了凉茶铺内。“我是电话局的，来查查线。”石云很干脆地跟背着孩子的妇女说道。“请。”那个背孩子的妇女一听石云说自己是电话局的，非常痛快地答应了。作为一名优秀的侦察员，石云每一次执行任务都有自己的一套方案，但这套方案不是固定不变的，而是非常灵活的，根据现场的对象、实际情况会随时改变。在凉茶店，石云看到了店里不光有凉茶，还有电话，所以石云就说自己是电话局的。如果是到居民家里，居民家里没有电话，石云就可能会说自己是自来水厂的。

石云很快地拿起了话筒，先熟练地将话筒放在耳边，听了听里边有没有声音，线路是不是通的。电话局查线路的，都是这么查的，作为一名经验丰富的侦察员，这点是必须要了解的。如果是到居民家里了解情况或做调查，又不方便暴露身份的话，不能光说自己是自来水厂的，还得

☆石云拿起话筒，拨通了丁局长的电话：“电话局，我的声音清楚吗?”丁局长说：“很清楚，希望不要断线。”

带上相关的工具，比如管钳、改锥、扳手甚至水表等，这样才像是自来水厂上门来检查和维修水管线的，否则遇上细心的居民，容易露馅，不但不能进行调查，甚至有时会带来意外，导致案件线索的中断。石云对这些当然都是轻车熟路了，只见她测试了电话机的听筒没问题后，直接就拨了公安局丁局长的电话，电话马上就通了，石云一边观察着凉茶铺的动静和陈设，一边对着听筒说："电话局。"丁局长一听是石云打来的电话，忙问道："石云嘛？怎么样啊？"石云抑制不住内心的兴奋，高兴地说道："线路畅通，我的声音清楚吗？"丁局长听了石云的话，也很高兴，对着听筒说道："清楚极了，希望不要断线。"

石云收了线，走到那个背着孩子的妇女面前说道："电

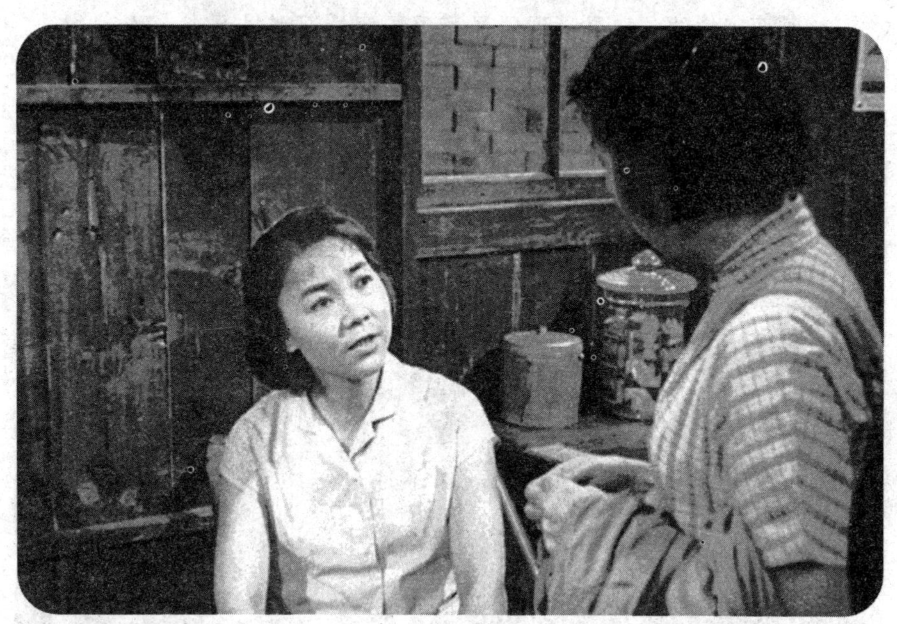

☆石云收了线，对那个妇女说："线路很好。"石云坐下来和妇女拉起了家常："大姐，前天上午9点多钟，我往这里挂线，怎么没人接啊？"老板娘抱怨说："我一个人又卖凉茶，又带孩子，还要接电话，实在忙不过来。"石云问："你男人呢？"

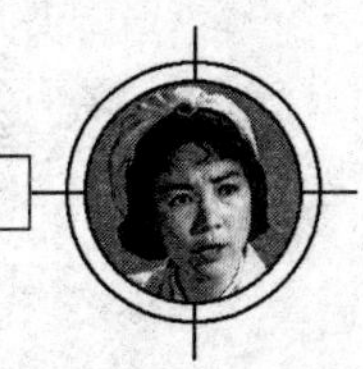

话线路很好。”背孩子的妇女笑着说道：“每次来查，线路都很好，你喝杯凉茶吧。”一边说着，背孩子的妇女一边实在地要去给石云倒凉茶。石云忙拦住了她：“不，不用。谢谢！”“那……请坐吧！”见电话局的同志不喝凉茶，背孩子的妇女就让石云坐。石云便顺势坐在了店里的椅子上，和这个背孩子的妇女拉起了家常，石云问道：“大姐，前天上午九点多钟，我往这里挂线，怎么没有人接呀？”这名背孩子的妇女说道：“我出去了。”“你男人呢？”石云又紧跟着问道。一听石云问到她男人，这个妇女背着孩子转过了身去，抱怨着说：“谁知道那天他鬼混到什么地方去了。”石云忙又问道：“那么，他经常到什么地方去呢？”这名妇女生气地说道：“他经常到补习学校去上课，可是别人说，那天根本就没有见他的面。哼，我还为他上夜校缝新衣服呢！”说着说着，这个妇女就将手里正在缝的衣服团了团扔到了一边的箱子上。

这时背孩子的妇女看着石云说道：“同志，你们电话局为什么不能把电话换到别的地方去呢？我一个女人又卖凉茶，又要带孩子，还要跑来跑去传呼别人接电话，实在来不及。”听到这名妇女的抱怨，石云从坐着的椅子上站了起来，慢慢地走过去说道：“还有你男人嘛！”一听石云提到自己家男人，这名妇女更来气了，大声说道：“他呀，这两天跟掉了魂儿似的，尽在外面瞎逛。他现在天天和对面王家的那个学生在一块儿，偷偷摸摸的，也不知道搞得什么鬼。”这个背孩子的妇女一边抱怨一边拉开了抽屉，翻出了一些乱七八糟的线管一类的东西，里边不乏一些真空管、电阻之类的电子元器件。此时石云对这个凉茶铺的老板周明有些搞不明白了，真不知道这是怎样一个人。听刚才这个背孩子的妇女的话，好像这个周明每天都是不务正业。不过看着桌上的这些东西，好像跟目前的这个公文包丢失的案子的联系又不是很大，石云也有些懵了。

☆老板娘说:“这些天，他天天到外边逛，和对面王家的那个学生在一块儿偷偷摸摸的，不知搞什么鬼。”说着她拉开抽屉，翻出一些真空管、电阻之类的东西。

正在这时，窗外有人喊道要喝凉茶，背孩子的妇女听到后忙过去招呼客人了。石云见背孩子的妇女去忙了，这才往前走了两步，然后从桌子上拿起一个真空管，认真而仔细地看了看，然后脑子里琢磨了一下，冲着正在给顾客倒凉茶的背孩子的妇女说道:“这是要花很多钱的啊。”“是啊!”背孩子的妇女一边做生意，一边对石云说道:“藏着、躲着，把家里的钱都给花了，这些东西都是我昨天才翻出来的。”石云听了背孩子的妇女的话，一直在思考着。这些东西这么贵，那么周明又是从哪里来的钱呢?可是刚才这个背孩子的妇女说了，说周明把家里的钱都花了，难道真的是这样?他不需要通过别的方式获得更多的钱?还有，这个周明弄这些小电器元件是做什么用呢?难道他是在搞

什么小发明？或者是小制作？可他为什么又要瞒着他爱人呢？这一切都让石云百思不得其解。

☆石云拿起真空管，仔细看了看，说："这要花很多钱啊。""是啊。"女主人说，"藏着、躲着，把家里的钱都花了。"

顾客喝完凉茶走了，背孩子的妇女收拾杯子、擦拭柜台。这时她看了看窗外，然后说道："瞧，他回来了。"石云忙往窗外望去，这时周明从远处走了过来，不过他没有回凉茶铺，而是到隔壁邻居家敲门，很快一个学生模样的人打开了门，这个学生模样的人把右手里的东西递给了周明，周明忙装了起来。而在这个学生模样的人的右腋下，还夹着一个长方形的布包，然后周明和这个学生模样的人一前一后走了。石云见状，忙和背孩子的妇女告别："大姐，再见。""哎，您慢走。"背孩子的妇女热情相送。石云现在越发感觉这个周明的行踪有些诡异，无论是从周明的妻子对他的描述，还是从自己的所见，的确感觉这个周明有问题。但却又不知道问题何在，不知道这个周明和自己侦办的这起案件有没有关系。但现在比较明确的是，那个曾经在火车站出现过的带有火箭图形的帆布包就在周明家凉茶铺的墙上挂着，这点是毋庸置疑的。

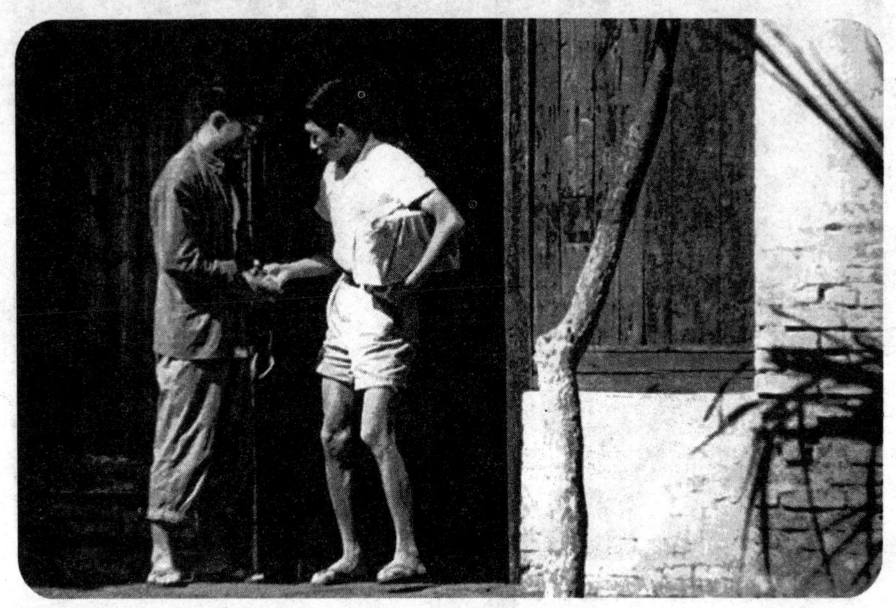

☆女主人向窗外看了看说："他回来了。"这时，周明走过来，他没有进家门，而是到隔壁邻居家招呼一个学生模样的人，那学生夹着布包和周明一起走了。石云于是匆匆向女主人告辞。

晚上，借着微弱的月光，一位派出所民警带领着石云和小崔，跟踪着周明和白天石云看到的那个学生模样的人来到了一户人家。三个人隐藏起来，见两人进了这户人家的屋子。过了大概一刻钟的时间，周明和那名学生模样的人从这户人家的屋子里走了出来。等这两人走远了，派出所民警带着石云和小崔也走进了这户人家。这户人家的屋子里正放着扩音机，广播里是欢快的乐曲在嘹亮地响着。派出所民警、石云和小崔三人刚一进门，还没等开口说话，就被屋内的一位盲眼的老人拉住了手，只听老人说道："你们俩回来啦？快告诉我吧，别让我着急啦。"派出所的民警

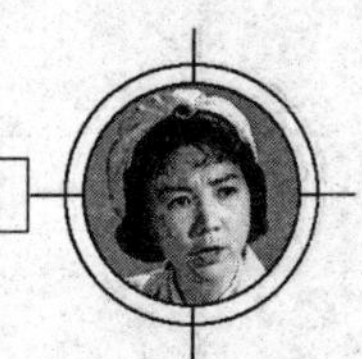

同志和石云、小崔被这位老人搞糊涂了，忙问道："老人家，你在说什么呢?"盲眼老人好像也有些迷糊了，抓着派出所民警同志的手说道："哦，你们不是……?"这时民警同志说道："大爷，我是老张啊!""哦，张同志呀!"老人这才听出来是谁，"来来来，快请坐。"

☆夜晚，一位民警领着石云和小崔，跟踪着周明他们来到一户人家。等周明和小王出来后，石云他们刚一进门，就被屋内一位盲眼的老人拉住手，非让他们说出姓名不可，这下把大家搞糊涂了。

坐下后，这位盲眼老人跟派出所的张同志说道："是这么回事，今天傍晚，不，就是刚才，有两个年轻人到这儿来啦……"然后他向大家讲述了事情的经过：周明他们前几天在路上无意中看到老人一个人行动不便，就把他送回了家。俩人送老人到家后，看到老人独自居住，还要靠枯燥的手工编织来度日生活，由于老人眼睛看不到，所以只能摸索着干，一个人很是乏味。特别是到了晚上，很是苦闷。周明他们看在眼里，却记在心里，两人就抽空自己学习、钻研，然后又买零件组装了一台收音机给老人送了过来。开始老人也不知道两个人在搞什么，老人让两人坐，这两人也没坐，老人也看不见，就听到好像在倒腾着什么。老人问他们在干什么，两个人也不告诉他，就是不停地在忙着，还说一会儿就知道是什么了。原来两人是现场给老人组装收音机呢，没过多久，收音机就出声了，把老人高兴坏了，所以非要他们留下名字，两个人却死活不肯说就走了……

☆这位盲眼老人向石云他们讲述事情的经过：周明他们前几天在路上看到老人行动不便，就把他送回了家。俩人看到这位老人独自居住，晚上很闷，就组装了一台收音机送给他，还不肯留下姓名……

老人讲述完，还特别给派出所的张同志说道：“张同志，你帮我查查，我不能不谢谢他们，对吧！”见事情已经弄明白了，石云对派出所的张同志说道：“老张，你们谈吧，我们先走了。”“好！”老张答道。石云站起身和小崔一起从盲眼老人家走了出来，石云也搞清了事情的原委，明

白自己弄错了。她一边走，一边在思考：到底是哪里出了问题了呢？石云对小崔说："像周明这样好的同志，我们应该信任他。"听了石云的话，小崔点了点头说道："嗯，可是线断了。"石云看着无精打采的小崔说道："不，线没断，手提包还在他的家里呢！走，咱们回去谈谈。"说完两个人往局里走去。石云一路上在猜想着：周明竟然是个乐于助人的人，这点让石云很意外，看来自己的推断是错误的。刚才小崔说线断了，其实还没断，因为包还在，只要死死地盯住这个手提包，从这个手提包入手，相信可以找到线索的。

☆石云搞清了事情的原委，明白自己弄错了。石云对小崔说："像周明这样好的同志，我们应该信任他。"小崔说："可是线索断了。"石云说："线索没有断，手提包还在他的家里呢！咱们回去谈谈。"

这天傍晚，在周明的凉茶铺里，周明正在收拾着自己那些乱七八糟的东西，周明的妻子正在打扫着柜台。孩子应当是睡觉了，今天周明的妻子并没有用宽的布条将孩子

背在背上。这时周明夫妻俩又吵了起来，他的妻子一边擦拭着茶杯一边质问他："你说嘛，昨天到哪儿去啦?"周明没有说话，只是埋头一门心思地收拾着自己的东西。一看周明不说话，他妻子有些急了，跑过去从周明手里夺过他刚打包好的东西冲周明吆喝道："你长着嘴，你说嘛，怎么不说话呢?"周明越是不说话，周明的妻子越是生气。这时石云走了进来，"大姐。"石云看到两人在争吵，周明的妻子看到石云，问道："你又来查线?"石云说道："我听见你们俩吵架了。"这下周明的妻子好像遇到了救星，忙对石云说周明的不是："同志，你看这个人还可不可以教育，他……"周明的妻子一边说一边用手指了指周明。石云看着周明的妻子生气的样子，轻轻地拍了拍她，接着她的话安慰道："他是个非常好非常好的同志。"

☆这天傍晚，周明夫妻俩又吵起嘴来。石云走进来，对女主人讲出了周明他们学习雷锋做好事、送盲眼老人收音机的事情。

周明的妻子原来是想让石云来帮忙批判周明的，没想到现在却替周明说话了，还说周明是个好同志，这让周明的妻子有些难以理解，她惊讶地看着石云说道："同志，你……"这时正好有顾客在柜台外喊道："喝茶!"周明见妻子和石云在说话，自己便过去招呼客人了。这时石云把周明的妻子拉着坐在椅子上对她说道："有一天周明同志和王家的学生在路上遇到了一个盲眼的老人，走路特别不方便，他们就把这个老人扶回了家。这个盲眼老人独自生活，他们怕老人一个人闷得慌，就学习雷锋精神，和王家学生一起组装了一部收音机送给老人了，叫老人能天天听到北京的声音。"正在招呼客人的周明听了石云的话，转过身惊讶地问道："同志，你怎么知道的?"周明当然惊讶了，因为这件事只有自己和王家学生知道，两人还约定了要保密。连那个盲眼老人都不知道他们是谁，那这个电话局的查线员是如何知道的呢?

☆周明听了，惊讶地问石云："同志，你怎么知道的?"

石云没有马上回答周明的问题，而是看了看旁边坐着的周明的妻子。周明的妻子此时感觉很是不好意思，她从坐着的椅子上站起身，有些害羞地跑到柜台边，从周明的手里夺过抹布，然后假装生气地对周明说道："你为什么不早告诉我呢?"周明一边从妻子手里又夺回抹布，一边说道："这有什么好说的。"石云看着周明小两口矛盾解开了，心里也开心了许多。这时她走到墙边，将墙上挂着的那个有火箭图案的帆布包摘了下来拿在了手中，然后走到柜台边，问周明和他妻子： "哎，这个手提包是你们的吗?""是!"周明一边回答一边点了点头。石云又问道："那这个手提包借给别人用过没有呀?""没有！我个包是我们自己的，从来没有借给别人用过。"周明一边干活一边答道。突然，周明放下手里的抹布，回过身来看着手里拎着帆布包的石云问道："哎，我说同志，你问这些干什么?"

☆石云没有马上回答，她摘下了挂在墙上的帆布包问道："这提包是你们的吗？借给别人用过没有?"周明说："这是我们的，没有借过别人。同志你问这些干什么?"

石云见周明对自己起了疑心，根据自己对周明的了解，从目前掌握的情况看，周明是个值得信任的好同志，应当和这件案子没有太多牵连，所以准备说出实情。石云终于对周明和他的妻子亮出了自己的身份，她看着周明说道："我是公安局的，有一件事情想请你们帮助。"周明和妻子相互对望了一眼，同时说："好！"周明心想：怪不得她知道的那么多，我说我学雷锋做好事给盲眼老人组装收音机的事不应该有人知道，原来这个人是公安局的，看来警察就是厉害，没有不知道的。周明的妻子也在犯嘀咕：我说怎么以前电话局来查线的都是男的，基本上没来过女的，平时也没见过这个人，原来她是公安局的呀。怪不得这些天常到我们凉茶铺来呢，看来是有什么事情。现在周明夫妻二人看到石云在问包的事情，两人也大致明白了些，肯定与这个包有关系。石云看着两人问道："在你们认识的人

☆石云终于亮出自己的身份："我是公安局的，有件事情想请你们帮助。"夫妻二人对望了一眼，同时说："好！"石云问："在你们认识的人中，有没有一个胖胖的、穿灰衣服的人？"

中，有没有一个胖胖的、穿灰色衣服的人？”

听了石云的问题，周明夫妻两个人在努力地想着，两个人对望了一眼，好像脑子里想不起有这样一个人。石云见状，忙说道：“别急，慢慢想。”过了片刻，周明对石云说道：“我们这条巷子里头，倒是有几个穿灰色衣服的，但是都不太胖。”沉吟了一会儿，周明又侧身问妻子：“哎，胖一点儿的人倒是有一个……”“谁？”周明的妻子忙问道，她实在是想不起来有谁是穿灰衣服的，还长得胖胖的，这实在是让她为难了。现在周明说有一个胖胖的人，所以她很想立刻知道，看看自己是不是认识，如果认识的话为什么会没印象呢？周明缓了一下说道：“可是这个人也很少穿灰色的衣服。”石云看着周明在冥思苦想，便又问道：“他这两天穿过灰色的衣服没有？”听了石云的提示，周明好好

☆周明想了一会说：“巷子里有几个穿灰衣服的人，但都不太胖。”沉吟了一会儿，周明又问妻子：“哎！胖一点儿的倒有一个，后面小楼里的……”周明的妻子说：“你是说师傅？”

的想了想感觉不敢确定，然后他又问妻子说道：“哎，后边小楼上的那个，这两天穿过灰色的衣服没有?”一听周明说“后边小楼上”，周明的妻子嗖的一下站了起来说道：“你是说叶师傅?”

石云一听周明妻子问周明的话，也一下子从坐着的椅子上站了起来，看着周明的妻子追问道：“叶师傅是谁?”石云已经意识到事情到现在应当算是有眉目了，线索应当基本上也接上了，看来这个周明的妻子刚才说的这个“叶师傅”有很大的嫌疑。但具体胖胖的、穿灰色上衣的人是不是这个叶师傅，是不是他去火车站偷的公文包，是不是他想杀害三轮车工人……这一切都需要缜密细致的调查。但那天在火车站出现过有火箭图案的帆布包已经找到了，这个叶师傅也就在这附近住，那他的嫌疑自然最大了……所以现在石云急切想知道的，就是这个叶师傅是谁，是个怎样的人？他的长相、穿衣打扮，还有他是做什么的，是

☆石云马上追问：“叶师傅是谁?”

不是本地人等等，她都需要掌握。

周明的妻子一听石云问叶师傅是谁，她对石云说道：“这个叶师傅大名叫叶长谦，就住在我们的巷子里，他在龙门饭店当大师傅。哦，对了，前天上午叶师傅来打过电话，是穿着一件灰色的衣服。”顿了顿，周明的妻子开始埋怨起这个叶师傅来：“这个人呀，毛病就是多，他一打电话，就嫌孩子吵，总是让我带着孩子出去。”听到这儿，石云已经开始在进行初步的分析了，她又问周明的妻子：“这个叶长谦用过你们的手提包吗?”周明的妻子想了想摇了摇头说道：“没有。”听了周明妻子的回答，石云沉思片刻，然后她看了看自己手中拎着的这个黑色的帆布包，在静静地思考着：周明的妻子说叶长谦没用过这个包，但从周明和他妻子的描述来看，这个叶长谦很有可能就是那个胖胖的、

☆周明的妻子说：“他叫叶长谦，在龙门饭店当大师傅。噢，对了，前天上午他来打过电话，是穿着灰衣服。这个人毛病就是多，一打电话就嫌孩子吵，总是让我们出去。”

穿灰色衣服的人……看看手中的帆布包，平时一直都在凉茶铺的墙上挂着，难道是他自己偷偷地拿去用了，而周明夫妻并不知道？石云在大胆地猜想着。

这时石云又走到了电话机旁，她又看了看墙上挂帆布包的地方，似有所悟。石云更加相信自己的推断了，周明凉茶铺的电话是这个叶长谦与外界沟通、联系的通讯工具，他的一切行动有可能都是通过这个电话来通知的。去火车站偷包的那个胖胖的、穿灰色衣服的人应当就是这个叶长谦，他当时拎着的这个带有火箭图案的帆布包一定是从周明的凉茶铺里拿的，他拿这个帆布包的时候应当是没有被人看见，况且还只是用了连半天也不到，用完之后就又挂到了这个墙上原来的地方，他就想神不知、鬼不觉的，没有人知道他用过这个包……石云的假想越来越大胆，越来越接近真相。应当是这样，自己刚才从墙上取下个帆布包

☆石云走到电话机旁，再看看旁边墙上挂着的帆布包，似有所悟。

时周明夫妻二人不也没注意嘛，他们两人这还是在凉茶铺柜台这儿呢，要是不在这儿呢，那把包拿走，过后再放回来，岂不是更容易？……

第六章 锁定目标

晚上，雨下得很大，夜色相当朦胧。这时石云和小崔都换上了警察制服，里边是白色的制式服装，外边穿着黑色的雨衣。冒着大雨，周明带领石云和小崔来到了叶长谦住的小楼下面。小崔一边整理着雨衣，一边笑着对石云说道："这个叶长谦要是个结巴……""你就可以吸烟了。"石云打断了小崔的话说道。石云知道小崔的习惯又来了，他

☆晚上，周明领着已换上制服的石云、小崔来到叶长谦住的小楼下面。小崔问："他要是个结巴……""你就可以吸烟了。"石云打断他的话。石云知道小崔总喜欢在案情顺利，即将告一段落时抽支烟庆贺。

要在这个案情顺利又告一段落时抽支烟庆贺。现在基本上对这个叶长谦了解和调查的差不多了，就差正面接触了。胖胖的，穿一件灰色的衣服，这个条件已经满足了，基本上确定符合叶长谦的特征，今天去的主要目的就是与这个叶长谦正面接触，看看他到底是个什么样的人，最重要的是通过与其对话，了解下这个叶长谦到底是不是结巴。已经忙活了好久了，石云也希望今天这趟没白来，能有所收获。现在所希望的，就是今天这趟别白跑了，希望那个叶长谦在家，这样他们冒着大雨来这趟也算值了。

石云推开楼下的大门，一条长长的通道直通楼上，台阶足有二三十阶。为了便于工作，石云决定自己一个人去叶长谦家。自己是女的，叶长谦的防范意识和警惕性相对会低些，同时，如果叶长谦真是那个偷包的人，是那个要杀害三轮车工人灭口的人的话，他看到石云是一个女的，

☆石云走上楼梯，敲响了叶长谦的房门。屋内一个人问道：“谁?”石云回答：“派出所的。”

也不会产生太大的恐慌。石云独自沿着楼梯来到叶长谦门口，她先整理了下衣服，将雨衣的帽子摘了下来，露出了里边戴着的白色警帽，然后敲响了叶长谦的房门。石云先是连着敲击了三下，里边没有动静，接着又连着敲击了三下，这时屋内一个人问道："谁?"石云镇静地在门外答道："派出所的。"听到里边有人回应，石云悬着的心总算落地了，她担心白跑一趟，要是这个叶长谦不在就麻烦了。现在既然屋子里有人搭话，听周明和他妻子说叶长谦是一个人住，那这个搭话的人应当就是叶长谦了。就是不知道这个叶长谦是不是个结巴，刚才也说了一个字，也听不出来。

没过片刻，"吱呀"的一声，房门打开了一扇，一个胖胖的、头发短短的、穿着一件浅色半袖的中年男人站在门口，他一手扶着门，打量着眼前的石云。他问道："什么事?"石云看着门内的叶长谦说道："我来核对一下你申请

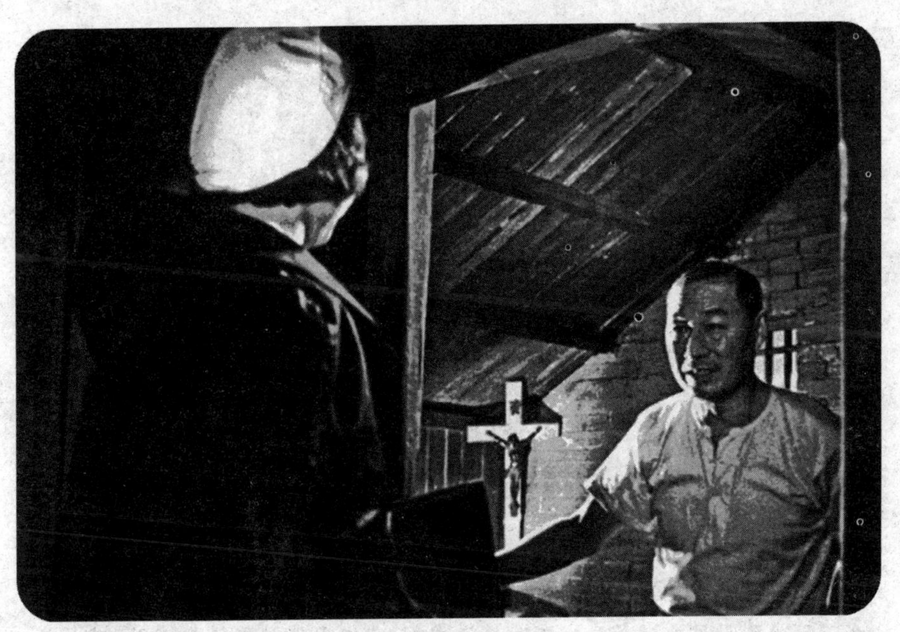

☆"吱呀"一声，房门打开了，叶长谦走了出来。石云对叶长谦说："我来核对一下你申请去香港的申请表。"叶长谦说："好，请进。"

去香港填的申请表。”一听说是核对申请表的，叶长谦这才把另一扇门也打开，对石云说道：“请进。”石云已经对这个叶长谦有了一个初步的认识，从外表和身材上来看，很符合陆大姐家的儿子小穗和三轮车工人的描述。另外从刚才叶长谦给自己开门的过程来看，这个人不像普通人那么自然，明显警惕性很强，他看人的眼神也很犀利，不像是个一般人。从这一点上判断，那个胖胖的穿灰色衣服的人很有可能就是他。只有他这样的人才能干这种事情，如果真的是这个人的话，那么这个案子恐怕没有像公文包丢了又给捡回来这么简单，况且里边的重要资料——图纸还完好无损，这更让人不可思议了。

石云进了叶长谦家，一边脱去雨衣，一边打量着这个不大的房间。别看房间不大，但收拾得还算整齐，东西倒也不少，桌子上还放着一瓶啤酒。“请坐！”叶长谦对石云

☆石云坐到屋里的桌子旁，向叶长谦发问：“你申请到香港探亲？”叶长谦说：“对，老婆孩子病得很重，你们什么时候批准，能不能快点？”

说道。石云坐在了屋子中央的桌子旁的椅子上，将手里拿着的资料打开后对站在一旁的叶长谦问道：“你就是叶长谦？”“是!”叶长谦毕恭毕敬地答道。石云看了一眼申请表又问道：“你在龙门酒家当西餐厨师？”“对!”叶长谦答道。“老婆孩子在香港？”石云看着叶长谦又问道。“在香港。”“你申请到香港探亲？”石云放下手中的申请表看着叶长谦问道。叶长谦答道：“对，老婆孩子病得很重，你们什么时候批准呀？能不能快点儿？”“好，我们尽快解决。”石云答道。看来叶长谦真的是着急出去，难道真的是他老婆孩子病了？还是为了过去送东西呢？陈亮说23号也张罗着这几天去深圳，会不会和他是一起的呢？

石云又问了叶长谦几个问题，心里不免有些疑惑：这个叶长谦说话挺利索的呀，并没有感觉到他结巴。于是石

☆石云又问了几个问题，不免有些疑惑：叶长谦说话并不结巴。于是石云准备往外走，刚走到门口，她突然站住了，想了想又转回身对叶长谦说：“你老婆孩子病了需要有证明啊？”

云把申请表等资料放回包里，然后从坐着的椅子上站起身子，从椅背上拿起了雨衣穿上。这时叶长谦好像也喘了一口气，从桌上端起茶杯，“咕咚咕咚”地喝了两口。石云穿好雨衣，戴好帽子，拿上包就向门口走去。就在她走到门口刚要开门时，突然停住了，脑子里想了想，又转回身对站在身后的叶长谦说道：“叶长谦，你老婆孩子病了需要有证明啊？”石云不甘心就这么离开了，既然来了，必须要有些收获，否则岂不是白跑一趟。从刚才询问叶长谦的情况看，除了没发现他结巴，其他方面他都符合这起案件。再加上他现在着急要去香港看生病的老婆孩子，这更证明了他的嫌疑。

本来叶长谦以为石云要走了，他站在石云的身后是准备送客的，没想到石云又杀了个回马枪，还提什么证明。石云这突然一问，让叶长谦有些措手不及，不过叶长谦毕

☆叶长谦忙说：“有信。”他东翻翻，西找找，讪笑着说：“烧了。”石云态度强硬地说：“没有证明，不能批准。”说完在申请表上打个了“×”。

竟是老江湖了，也不含糊，略一迟疑，然后对石云说道："有，有信能证明。"一听说有信，石云便对叶长谦说道："好，拿来看看。""好!"叶长谦点头答道。然后叶长谦开始找信，他先是摸了摸上衣的几个口袋，然后又掏了掏裤子的两个裤兜，却没找到信。他不甘心，然后又翻身到床上，被子下面，枕头下头，又掀起了铺在床上的床单、褥子、棉垫、草席……却还是没有，这时叶长谦眼睛一转，直起腰来，一屁股坐到床上冲着石云说道："呵呵，信让我给烧了。"边说叶长谦边从上衣口袋里摸出一根烟放到了嘴里。一听叶长谦说信烧了，石云态度强硬地说道："没有证明，不能批准。"说完就从包里拿出叶长谦的申请表，然后又掏出笔，在申请表上打了个"×"。

叶长谦嘴里叼着烟，刚要拿火去点，听到石云"没有证明，不能批准"这句话，还眼看着石云在他的申请表上

☆叶长谦"腾"地站起来说："这是刁难人，你们管不管人民的困难?"石云严厉地说："有话好好说，你火什么?""谁火……火……火啦!"叶长谦结巴起来。

打了个大大的“×”，叶长谦“腾”地一下子从坐着的床上站了起来，烟也顾不上点了，看着石云气乎乎地说道：“你这是刁难人，你们还管不管我们人民的困难?”石云严厉地看着有些气急败坏的叶长谦说道：“有话好好说嘛，你火什么?”“嘿，谁火……火……火啦!”叶长谦结结巴巴地说道。听着叶长谦结巴的声音，石云心头一亮。狐狸的尾巴终于露出来了。石云刚才本来是要走了，准备回去后再做计划，必要的话派人监视叶长谦。但是临出门时，石云突然想到，有的人结巴是天生的，无时无刻不在结巴。但有的人的结巴可能是后天的，只有在特定的环境和情形下才结巴。那莫非这个叶长谦就属于后天的？那他到底是不是结巴呢？要是的话看来也只能是后天的了。那他又是在何种情形之下才结巴呢？当叶长谦掏出烟的时候，石云想到了要通过某种方式来激怒他……

心里的石头终于落地了，一切都水落石出了。石云看了叶长谦一眼说道：“这就对了嘛!”，然后又重新坐到了椅子上，从口袋里掏出笔，对叶长谦说道：“你在申请表上写上：信已毁掉。”听了石云的话，叶长谦长出了一口气，看到有转机，高兴起来。可是还没乐得张开嘴呢，脑子一想，又咧着嘴有些不好意思地对石云推辞说道：“我不会写。”不会写？石云有些纳闷，不可能呀。叶长谦可以说是个高级特务，怎么能不识字呢？但无论他是真不会写还是假不会写，现在还不是揭穿他的时候。石云对叶长谦说道：“自己的名字总归会写吧?”叶长谦点头说道：“会。”字虽然不会，但名字还是会写的，不就是三个字嘛。石云于是替叶长谦在申请表上写上了“信已毁掉”四个字，然后把笔递给叶长谦说：“签名吧!”“有笔!”叶长谦没有用石云的笔，而是去拿自己的笔，在申请表上小心翼翼地签上了自己名字。

“写好了!”叶长谦把签好名字的申请递给了石云，石

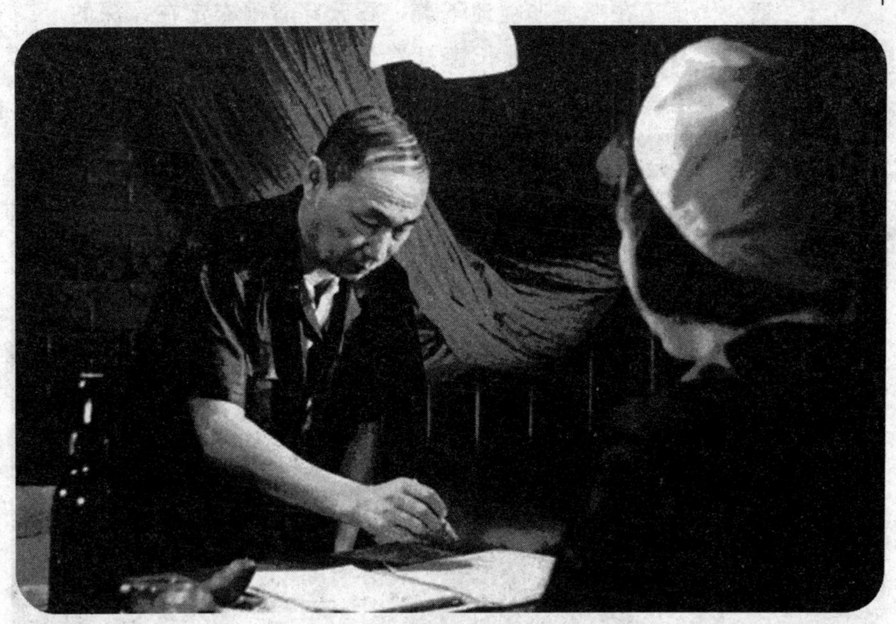

☆石云看了他一眼，又坐了下来："这就对了嘛，你写上：信已毁掉。"叶长谦推辞说自己不会写，石云于是替他写好，叶长谦才拿出自己的笔，小心翼翼地在上面签了名字。

云接了过来。正在这时，楼下传来一个妇女的叫喊声："叶师傅，电话!"原来是周明的妻子，有人打电话找叶长谦，所以她跑来叫他。叶长谦一听说有自己的电话，神情看上去有些紧张，仿佛这个电话很重要，他很着急接一样。叶长谦看着石云说道："我要去接电话。"石云明白叶长谦的意思，是要赶自己走。正好自己的事情已经忙完，该了解的已经了解，需要掌握的也已经掌握，自己也该走了。石云对叶长谦说道："好，你等消息吧。"说罢石云从椅子上站了起来，收拾好东西往门外走去。"好!"叶长谦认为既然都上门来调查了，名字也签了，批准应当很快就会下来，去香港也是指日可待了。见石云出门下了楼梯，叶长谦这才拿了雨伞，也跟着走出房间准备到周明的凉茶铺去接电

话。大雨还在哗啦哗啦地下着，石云穿着雨衣走在深深的雨巷，身后不远处，叶长谦打着伞，躲在一个角落里偷偷地观察着。

☆这时，楼下传来周明妻子的喊声：“叶师傅，电话!”石云起身出门，叶长谦也跟着走出房间去接电话。

确定石云走远了，慢慢消逝在大雨声中，叶长谦才拐进周明的凉茶铺。进了凉茶铺，叶长谦将雨伞收了起来放到了桌子上，然后才抓起放在桌上话机旁边的听筒，叶长谦对着话筒说道：“喂!”里面又传来了上次那女人的声音：“是叶长谦吗?”叶长谦听了对着话筒答道：“对，是我。”话筒那头的女人说道：“王先生让我问候你。”“谢谢!”叶长谦好像很客气。这时电话中那个女人质问叶长谦：“为什么那么久才来接电话?”叶长谦不紧不慢、慢条斯理还带些阴阳怪气地答道：“家里面刚才有客人。”这时话筒里却没了动静，“喂……喂……”叶长谦冲着话筒焦急地吆喝着，这时话筒里终于又传来了那个女人的声音：“喂，你明天下午三点钟，到东山酒家门口的大树下等我，我请你吃饭。”“很抱歉，您贵姓啊?”叶长谦好像很有礼貌。电话另一头的女人没有直接回答叶长谦，而是对他说道：“一个女人，左手拿一张《南方日报》。”“好!”叶长谦答道。说完他就放下了电话，然后从上衣口袋里掏出一枚硬币朝桌子上扔下，转身拿起伞走了。

☆叶长谦走进凉茶铺抓起话筒，里面又是那个女人的声音：“明天下午3点钟，到东山酒家大树下等我，我手里拿一张《南方日报》。”叶长谦放下电话，扔下一枚硬币，走了。

看着叶长谦撑着伞慢慢悠悠地消逝在雨巷，小崔从周明家凉茶铺里屋走了出来，他用三根手指把叶长谦扔在桌子上的那枚硬币小心地捏着四周的外圈放进了一个小的纸袋子里，然后向周明示意后也走出了凉茶铺。周明把雨衣的帽子戴好，一双大脚有力地踩在积水的路面上，消逝在了雨中。石云去叶长谦家的时候，小崔就和周明来到了凉茶铺，本来石云和小崔约好了完事后在凉茶铺碰头的。可是突然来了电话找叶长谦，所以石云不能和小崔在凉茶铺会合了，只好回局里等小崔。小崔一直在凉茶铺的里屋里藏着，叶长谦打的电话他都一字一句地记住了。直到叶长谦走了，他才出来，看到叶长谦扔在桌上的那个硬币，上边有叶长谦的指纹，所以他就收了起来，当作证据，好回去做分析后与那个公文包上的指纹作比对，到时一切自然就真相大白了。

☆叶长谦走远后，小崔转了出来，他把叶长谦扔下的那枚硬币小心地放进一个小纸袋里，向周明示意后也走了出去。

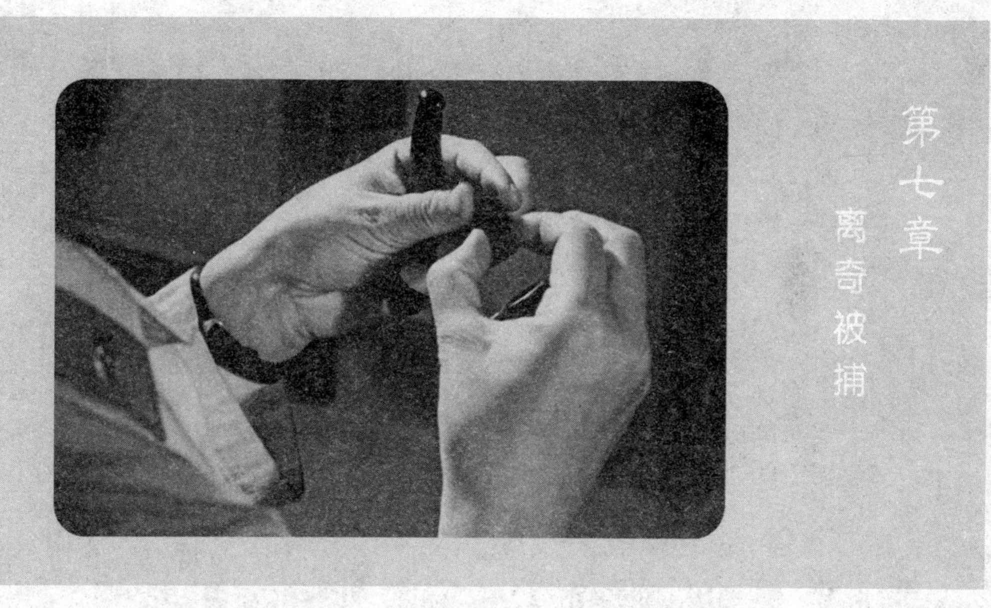

第七章 离奇被捕

第二天，天放晴了，阳光明媚，万里无云。下午，街上的行人不少，车水马龙，来来往往得好不热闹。在喧闹的人群中，叶长谦穿着一身军黄色的的确良上衣，头上戴着一顶帽子，夹杂在人流中正向东山酒家走去。昨天下了一天一夜的雨，大家都在家里憋坏了，今天终于晴了，不光天气好，阳光普照，空气也很清新。人们都从家里出来了，有三五成群的小伙伴们互相在街上追逐打闹的；有几

☆第二天下午，街上车水马龙，行人来来往往，叶长谦夹杂在人流中正向东山酒家走去。

个小姑娘互相挽着胳膊边聊天边逛街的；有老两口互相搀扶着拎着菜篮买菜的；有小媳妇骑着自行车去给老公送饭的……总之这条街上很是热闹。

此时，在街边的一个茶楼里，石云和小崔早已布置停当，两人坐在茶楼的二层，通过窗户正监视着街上的动静。他们早就看到叶长谦了，他刚一进入他们的视线范围就让石云一眼盯住了。也是，谁让他太有特点了呢。胖胖的身材就是一个标志，况且石云和小崔是人民警察，还是侦察员，这自然更是轻而易举了。很快叶长谦就来到了东山酒家的门口，他先是在门口站了一会儿，好像并没有看到电话中约好的那个女的。然后他又在东山酒家门前来回地转了起来，眼睛不停地东张西望，希望能发现和他见面的那个女人。见半天没有动静，他又索性往门口里边走了走，还顺便看了看东山酒家门口摆着的菜谱。这时叶长谦注意到在他身后也就是门口不远处的柱子旁站着个女人，这个

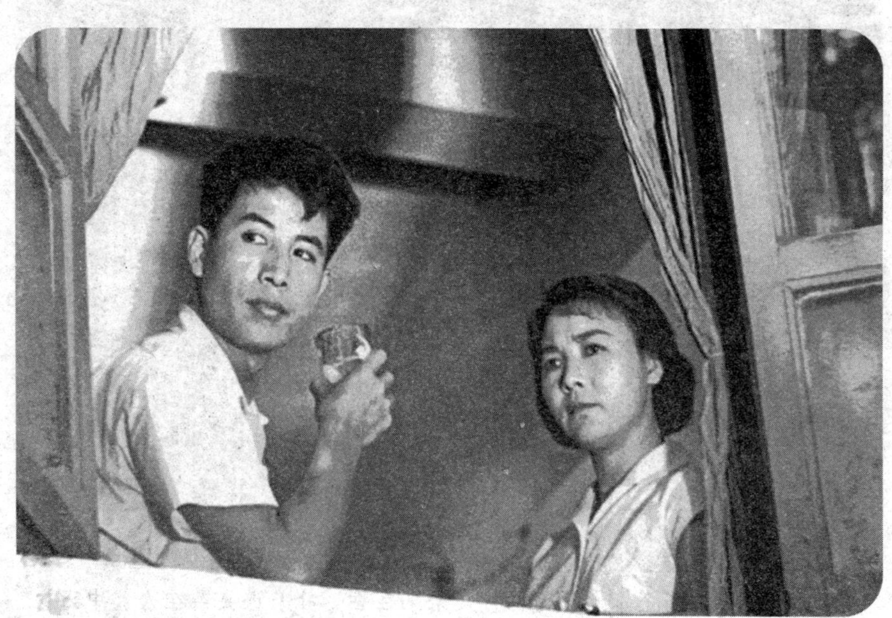

☆石云、小崔早已布置停当，两人坐在茶楼上向下监视着动静。

女人长发在头上盘着，穿着一身小碎花的连衣裙，外边套着一件白色的小衫，肩头上还挎着一个小皮包……这个女人正是女钢琴师方丽。

女钢琴师方丽看到叶长谦在注意自己，便用手撩了撩头发，然后拿起挎包，拉开拉链，从挎包中掏出一份《南方日报》，故意向叶长谦使劲地晃了晃，但她却没有将这份《南方日报》按照昨天晚上与叶长谦在电话中的约定拿在手中，而是又塞进了自己的挎包里，然后又拉上拉链转身就走了。叶长谦有些懵了，他不知道这个人是不是与自己接头的人，不能确定方丽的身份，但这个人刚才拿出来冲他晃的就是《南方日报》，是约定好的，可是她怎么又放包里了呢？说好是拿在左手的呀……叶长谦确定不了，于是他就慢慢地跟在方丽的身后。这一切都被在茶楼二层上的石

☆女钢琴师方丽从挎包中掏出《南方日报》，向叶长谦晃了晃，但却不拿在手中，而是又塞回了挎包里，然后转身走了。叶长谦不能确定方丽的身份，就慢慢跟在她的身后。

云和小崔看在了眼里，石云示意小崔下楼远远地跟踪观察人，她继续在高处监视。小崔便快速从茶楼二层下来，然后按照石云的示意，悄悄地盯着不远处一前一后走着的方丽和叶长谦两个人。石云现在也有些犯嘀咕，难道这个叶长谦不是和方丽接头的？那方丽来干什么呢？……见方丽和叶长谦还在往远处走，快要脱离自己的视线了，石云便也从茶楼跑了下来。

方丽在前边不紧不慢地走着，还时不时地看看跟在不远处的叶长谦，这让叶长谦更加相信方丽就是电话中的那个女人，但方丽却并没有停下脚步，只是这样不停地走着，叶长谦虽然有些纳闷，但还是这样不远不近地跟着方丽。不远处，石云和小崔分别在不同的地方严密监视着这一切。叶长谦走着走着，迎面碰上了两个人——古仲儒大夫和他的学生金大夫。叶长谦当然不认识他俩，所以也没注意他

☆叶长谦走着走着，迎面碰上两个人——古大夫和金大夫。古大夫对金大夫说：“哎，刚才过去的那个人好面熟，是不是……”金大夫叫道：“对了，扔公文包的那个人。”说完他便向叶长谦追了上去。

们，他现在的注意力全部放到了前边的方丽身上，生怕她突然从自己的视野里消失。古大夫停下了脚步，看着擦肩而过的叶长谦对身旁的学生金大夫说道："哎，刚才过去的那个人好面熟啊！好像在哪儿见过，是不是……"听了古大夫的话，金大夫好像在回忆着什么，突然金大夫叫道："哎，对了，是那天晚上扔公文包的那个人……很像他！"说完金大夫便扭身朝叶长谦追了上去，古大夫也拄着拐棍跟在金大夫后边朝叶长谦走去。

此时的叶长谦还在一边全神贯注地盯着前边的方丽，一边不紧不慢地跟着她的步伐。叶长谦还在琢磨，这个女子是怎么回事，看样子应当是来和自己接头的呀，可也不跟自己说句话，也不说去哪儿，就这样一直走。还说请自己吃饭呢，这都走到哪儿了，刚才在东山酒家就挺好的，自己还特意在门口看了看东山酒家的招牌菜，那个红烧肘

☆金大夫拦住叶长谦，打量他一下说："对，扔公文包的就是你。"叶长谦见情况不妙，推开他的手，拔腿就跑。

子可是叶长谦的最爱，还有那个焦溜肥肠，叶长谦也是很喜欢吃。哪个当厨师的不喜欢吃呢，叶长谦当然也不例外了。金大夫没几步就追上了叶长谦，“嘿，站住!”他冲叶长谦吆喝道，拦住了他。叶长谦看着金大夫问道：“干什么?”金大夫好好地打量了一下叶长谦，然后一把拽住叶长谦的胳膊大声吆喝道：“对，那天晚上扔公文包的就是你!”叶长谦一愣，这个小伙子是谁，自己不认识他呀？他怎么知道自己扔公文包呢？顾不上想太多，叶长谦见情况不妙，一把推开金大夫的手，拔腿就跑。

叶长谦这时候也顾不上与自己接头的方丽了，他还在埋怨她呢。都怪这个女人，说好了在东山酒家碰面，却不停地走来走去，害得自己惹此麻烦。别看叶长谦长得胖胖的，平时走路也慢悠悠的，但这个时候跑的却并不慢。金大夫的手被叶长谦推开后，见叶长谦跑了，他一边在后边

☆金大夫在后面大喊：“抓住他，抓住他。”周围的群众听到喊声，纷纷涌上来截住企图逃跑的叶长谦。

追，一边大声喊道："抓住他，抓住他。"虽然这叶长谦跑得不慢，可惜再快他的两脚也赶不上金大夫这一嗓子，再说这街上本来就人多，就是想跑也迈不开大步。金大夫这一吆喝不要紧，周围的群众听到他的喊声，纷纷伸出了正义的双手。走在叶长谦前边的人听到金大夫的叫喊声就转回了身，一看叶长谦正往前跑，就有人毫不含糊地揪住了他的衣领子，周围的群众也呼啦一下子围了上来，彻底截住了企图逃跑的叶长谦。石云和小崔一个站在不远处的树下，一个站在旁边一家百货商店的门口，都在关注着这一切。

此时的方丽正站在前方不远处路边的一个水果摊前，装作挑水果的样子。她一边从筐里拿着苹果，一边看着不远处的一幕。方丽见到叶长谦被大家抓住了，她马上放下手中的水果，悄悄地转到了旁边的另一条路上溜走了。群众越围越多，叶长谦在热心群众的押送下被扭送到了公安局。叶长谦是彻底傻眼了，没想到头没接着，还被抓了。更感到郁闷的是，自己被抓得莫名其妙，有点敌暗我明的架势。自己根本不认识那两个人，这两个人却说是自己扔的公文包，要是自己认识他俩也好，自己可以躲着点。不过也奇怪了，自己扔包的时候可是一个晚上，天不但黑，并且还下着雨，在那个珍珠巷里，也没见到什么人呀，怎么会有人看到呢？还有这个方丽，你说接头就接头吧，不请吃饭也就算了，带着自己瞎转个什么劲呀，害得自己现在倒好，被抓了。

在公安局的审讯室里，侧面的墙壁上张贴着"只有坦白交待低头认罪，才能争取从宽处理。""首恶必办，胁从不究。立功折罪，立大功受奖"，后面的墙上张贴着"坦白从宽，抗拒从严""洗心革面，重新做人"。雪白的墙壁将黑色的标语映衬得特别醒目，十分显眼。石云和小崔坐在审讯桌前，叶长谦坐在审讯室中间，一侧坐着古大夫和金

☆方丽正在水果摊前，装作挑水果的样子，她见到叶长谦被捉，马上放下水果，悄悄地转到另一条路上溜走了。

☆在审讯室里，叶长谦故作镇静，他指着古大夫和金大夫二人说："他们诬赖好人，我根本就不知道什么公文包。"金大夫站起来说："我们那天清清楚楚看到的就是你。"

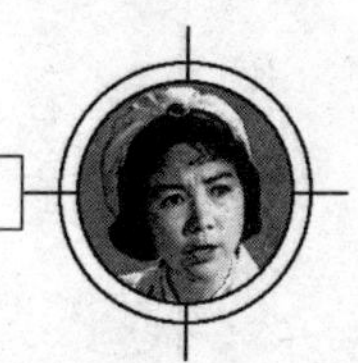

大夫。叶长谦此时故作镇静，他指着古大夫和金大夫二人对坐在审讯桌前的石云和小崔说："他们诬赖好人，我根本就不知道什么公文包。"一听叶长谦不承认，还抵赖，金大夫一下子就站了起来，冲着审讯桌说道："石云同志，那天晚上我们清清楚楚看到的就是他。"等金大夫刚说完，旁边坐着的古大夫也站了起来，一手拄着拐棍，一手用扇子指着坐在板凳上的叶长谦说道："在人民政府面前抵赖，没有用。"

"好啦。"石云从椅子上站起来说道。然后她走到古大夫和金大夫二人面前，对二人说道："谢谢你们将这个人抓住了，接下来我们会秉公处理，你们请回吧。"然后石云将古大夫和金大夫送出了门。这时审讯室内就剩下叶长谦和小崔了，叶长谦站起来对小崔说道："同志，没事儿了吧。"

☆石云请古、金二人先出去，然后她对叶长谦说："你自认为做得很秘密，可还是在图纸上留下了痕迹。"叶长谦装作什么也不知道的样子："我不明白，什么痕迹?"

他见古大夫和金大夫已经走了，以为自己也可以走了呢。这时叶长谦看见石云回来了，忙说道："同志……"石云没等他把话说下去，就对他说道："坐下。"叶长谦只好乖乖地坐了下来。叶长谦看着石云和小崔说道："你们知道，我……我……我是有正当职业的。我的表现，你们可以到龙门饭店的组织上去了解。"这时叶长谦又开始结巴了。石云没理他，而是问道："叶长谦，我问你，三天前的上午九点钟，你到哪儿去啦?"叶长谦假装想了想说道："我没到哪儿去呀。"石云看着狡猾的叶长谦说道："你自认为做得很秘密，很小心，可还是在图纸上留下了痕迹。"叶长谦装作什么也不知道的样子问道："什么痕迹，我不明白，你怎么越说我越糊涂啊。"

这时石云拿起放在审讯桌上装在透明的小塑料袋里打

☆石云拿出硬币对他说："你在这上面的痕迹和留在图纸上的一样。"叶长谦一听，有些慌了："我，我坦白，我生活困难，就起了坏心偷了人家的皮包，拿了里边的钱，别的东西我什么也没拿。"

印的一枚指纹对叶长谦说道："你看，这就是你在图纸上留下的痕迹。""我不明白。"叶长谦继续抵赖。石云将小崔从周明凉茶铺带回的叶长谦扔下的那枚硬币从纸袋里倒出来，然后拿在手上，对叶长谦说："你留在这枚硬币上的痕迹，和你留在图纸上的一样。"叶长谦一听，有些慌了，看来是瞒不住了，原来他还想硬撑着就是不承认，石云他们肯定拿他也没办法，可是没想到人家却拿出了证据，还是很重要很关键的指纹对比，这再不承认恐怕是不行了，走一步说一步吧，他眉头一皱，"我……我……"的又开始结巴起来。这时石云对他说道："你别装糊涂!"叶长谦哭丧着脸结巴着说道："我……我……我坦白，我生活困难，就起了坏心，偷了人家的皮包，拿了里边的钱。别的东西，我什么也没拿，连皮包叫我一块儿给扔了。"

说话的时候，叶长谦从上衣右侧的口袋里掏出一根烟

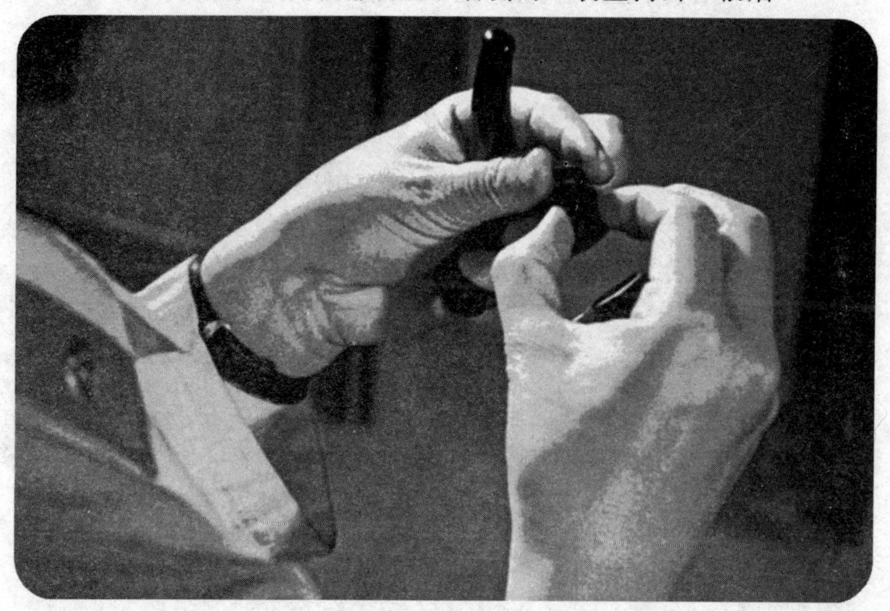

☆说话的时候，叶长谦掏出纸烟抽起来，随后拿出一个烟嘴，把烟插在烟嘴里。石云见状马上走过去夺下烟嘴，仔细看了看，用力一拧，烟嘴断开了，从里面倒出来一个微型胶卷。

卷点着，结巴着说："我……我……我有罪，以后再也不偷了。"然后他又解开上衣胸前左侧的口袋，从里边拿出了一个烟嘴来，又把嘴里的烟拿下来插到了烟嘴里。这一切都被石云看在了眼里，她见状，马上从审讯桌前的椅子上起身，快步跑到了叶长谦跟前，叶长谦刚把烟装进烟嘴，张开嘴准备往嘴里放，石云一把就从叶长谦的手里夺下了烟嘴。把烟嘴拿在手里，翻过来倒过去地仔细地看了好半天，然后用力一拧，烟嘴居然被石云掰断了，只见里边是空的，石云将烟嘴在手心使劲一磕，竟然从里面倒出一卷东西来，石云拉开一看，是一个微型的胶卷。叶长谦做梦也没想到，自己当初将胶卷放到烟嘴里，就是想在关键的时候通过抽烟来毁灭证据。今天倒好，阴谋没有得逞，居然让这个女侦察员给识破了，真是阴沟里翻船啊！

石云手里拿着从烟嘴里倒出来的胶卷，看了看叶长谦，

☆叶长谦见再也无法抵赖，又结巴起来："我……我坦白，我受了骗，为了几个钱，帮助了坏人。"石云又问："你的领导是谁？叫什么？联络办法？"叶长谦交代："是个女的，不知道叫什么，她打电话找我。"

叶长谦见一切都已经完全暴露了，再隐瞒也没有意义了，自己也无法再抵赖下去了，便又结结巴巴地站起来说道："我……我……我坦白……""坐下！"石云对站起来的叶长谦说道，叶长谦便老老实实地又坐在了凳子上，他说道："我受了骗，为了几个钱，我帮助了坏人。"叶长谦一边说，小崔伏在审讯桌上一边在本上记录着。石云又问叶长谦道："你的领导是谁？""是个女的。"叶长谦回答。"叫什么名字？"石云又问到。"不知道。"叶长谦答道。"你们用什么联络办法？"石云再问道。"每次都是她打电话找我。"叶长谦再回答。"还有什么人？"石云还在问。"别的没有了。"叶长谦回答。就这样，石云问一句，叶长谦答一句，倒也没有什么废话。最后叶长谦对石云说道："我要是说半句瞎话，你们怎么处理我都可以！"石云没有说话，只是摁响了桌子上的电铃，让门口的警察将叶长谦带了下去。

叶长谦被带下去后，石云开始整理收拾审讯桌上的硬币、指纹印记、胶卷等证据资料。小崔在完善着叶长谦的

☆小崔兴奋地吸起烟来："根据案情结果………可以开戒了。"石云高兴地接过话来，她也认为案情已经有了了结。

问题交代笔录，然后把写好的笔录交给石云，石云看了看，然后在上边也签上了自己的名字。这时一切收拾停当，小崔高兴地从口袋里掏出一支香烟拿在手里，兴奋地说道："根据案情的结果……""可以开戒了。"石云知道小崔想说什么，她高兴地接过了小崔的话来，石云也认为案情已经有了了结。看来当时自己的想法没错，这个包远没有丢了又找回来这么简单，虽然说只是丢了些钱和粮票，重要的图纸还在。但现在特务和海外敌对分子的装备是很先进的，一部相机就搞定了。今天要不是自己脑子反应快，这狡猾的叶长谦就将胶卷这一重要的证据给销毁了。根据自己的判断和分析，叶长谦应当没有撒谎，他可能真的不知道指挥他的那个女人是谁，现在就差这一步了。今天方丽也出现在了东山酒家，那她到底是不是和叶长谦接头的人呢？

第八章 疑云重重

石云兴冲冲地夹着叶长谦案的卷宗，在曲折的楼梯上快乐地跳跃着，她这是急着去向丁局长汇报案件的进展。到了丁局长的办公室，门开着，局长一个人在屋子里。看到石云灿烂地笑着走了进来，丁局长没等石云开口，自己先说道："你这样高兴，就告诉了我案子破了。呵呵……来，坐下谈谈吧！"石云和丁局长分别坐在了一对沙发上，然后石云开始汇报："犯人叶长谦在押，这是破案经过，这

☆石云兴冲冲地夹着卷宗，来到丁局长的办公室，向他进行了汇报。丁局长却问她："叶长谦交待了新的线索没有？是不是有所隐瞒？"这时，一个民警进来说："金大夫请来了。"

是证人古钟儒和金大夫的证词，这是犯人口供记录。”一边说，石云一边将卷宗中的案件材料分别交给了丁局长。丁局长拿起口供记录看了看问道：“这个叶长谦供出领导人来了吗?”石云答道：“他说是个没见过面的女人，根据今天23号也到了现场，虽然他们没接上头，我想一定是她。”沉思了片刻后，丁局长问道：“叶长谦交代了新线索没有呀?”石云摇了摇头说道：“没有。根据情况判断，他的口供可靠。”“可靠?”丁局长满腹狐疑地说道：“叶长谦是真的只知道这些呢，还是有所隐瞒呢?”这时，一个民警进来说：“金大夫请来了。”

听到民警说金大夫来了，局长一边站起来一边说道：“好，我马上就来。”然后丁局长和那个民警一前一后出去了。石云一个人坐在沙发上思索着丁局长刚才的话，看来

☆丁局长和那个民警出去了。这时，电话响了起来，石云拿起话筒，原来是陈亮打来的。陈亮问石云：“战斗进行得顺利吗?”石云答：“刚审完，犯人供出他的领导人就是23号。”陈亮说：“23号约我今天晚去文化公园听音乐。”

丁局长对这份口供并不满意喽，难道这个叶长谦真是老奸巨猾，还有问题没交代？可是自己该问的已经都问了，叶长谦也把自己问的都说了呀，还有什么是他没交代的呢？看上去他也确实不知道他的领导人是谁……正在这时，丁局长桌子上的电话响了起来，石云走过去将卷宗放到了桌子上，然后拿起了话筒，原来是陈亮打来的。陈亮一听是石云，关心地问道："怎么样？战斗进行得顺利吗？"石云答道："刚审完，犯人供出他的领导人就是23号。""哦，是这样呀。"陈亮说道："石云啊，23号还在约我今晚去文化公园听音乐。"石云听了陈亮的话，忙问道："23号还在活动？"陈亮说道："是在活动，而且约得很急。石云啊，建议你在分析案情时将这个情况也估计在内。"

石云放下电话，若有所思："23号还在活动？难道叶长谦的口供有问题？丁局长找金大夫来干什么呢？"一系列问

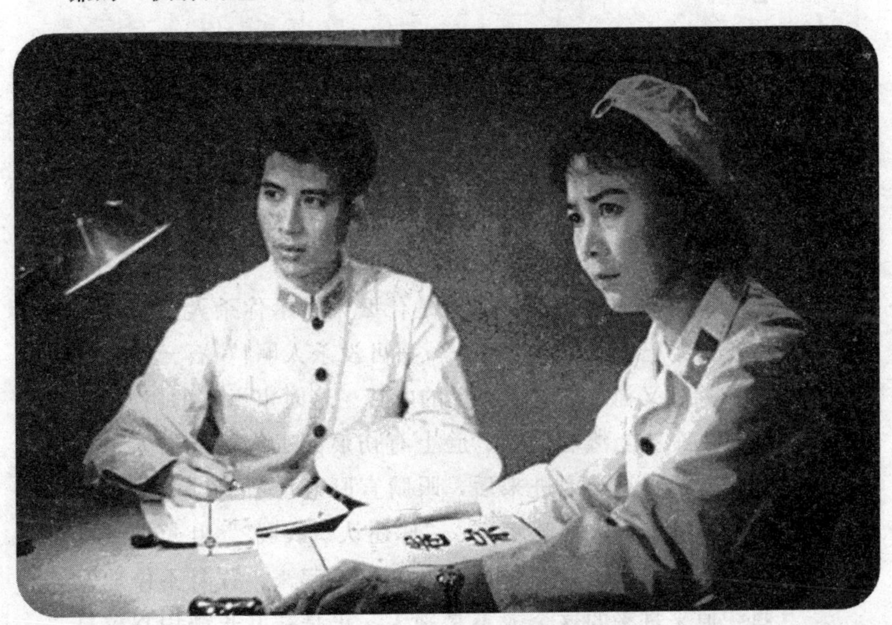

☆石云放下电话，若有所思："23号还在活动？难道叶长谦的口供有问题？丁局长找金大夫来干什么？"一系列问题困扰着她。

题深深地困扰着石云。她一个人坐在椅子上，静静地思索着。她想起了毛主席说过的话："我们有些同志，对于复杂事物，不愿意做反复深入的分析研究，而愿做绝对肯定和绝对否定的简单结论。"想到这儿，石云感觉到自己就是这样，她心里在揣摩着：是呀，对于复杂事物，必须要做反复深入的分析和研究。23 号为什么还敢公开活动呢？她想潜藏吗？石云在回想白天叶长谦和方丽在街上一前一后走着，准备接头的情形。她还在思考着：她要是想潜藏的话，可为什么还要露面呢？难道她是想逃跑吗？她现在没有取到图纸胶片，又怎么能去见她国外的主子呢？金大夫和古钟儒是捡公文包的人，又是检举叶长谦的人，难道他们……这时，石云意识到了，这个叶长谦一定还有没有交代的问题。想到这些，石云拿好卷宗，走出了丁局长的办公室。

经过对整个案情的重新梳理，加上陈亮反映的 23 号还在活动的情况，石云感觉这个叶长谦肯定还有问题没交代，石云决定连夜再次提审叶长谦。在审讯室，石云和小崔坐在审讯桌前，石云问坐在板凳上的叶长谦道："叶长谦，你家离珍珠巷那么远，为什么你把公文包扔到哪里？"叶长谦听了石云的问题，只是结结巴巴地说道："我……我……"石云接着严厉地问道："又是什么人指示你杀人灭口的？"叶长谦结巴着说道："我……我可没杀人啊！"石云没有说话，只是又摁响了审讯桌上的电铃。这时审讯室的门开了，只见一个头上缠着纱布、脸上有伤痕的工人模样的人走了进来。只见这个人进来后，眼睛直盯盯地看着叶长谦，口中冲着叶长谦大声吆喝道："你还认识我吗？"叶长谦被这个人的怒吼和眼神吓坏了，吓得站了起来，浑身不停地发抖。原来进来的这个人不是别人，正是被叶长谦用拐棍打晕在铁轨上的三轮车工人。

叶长谦看着眼前的三轮车工人，彻底傻眼了。心

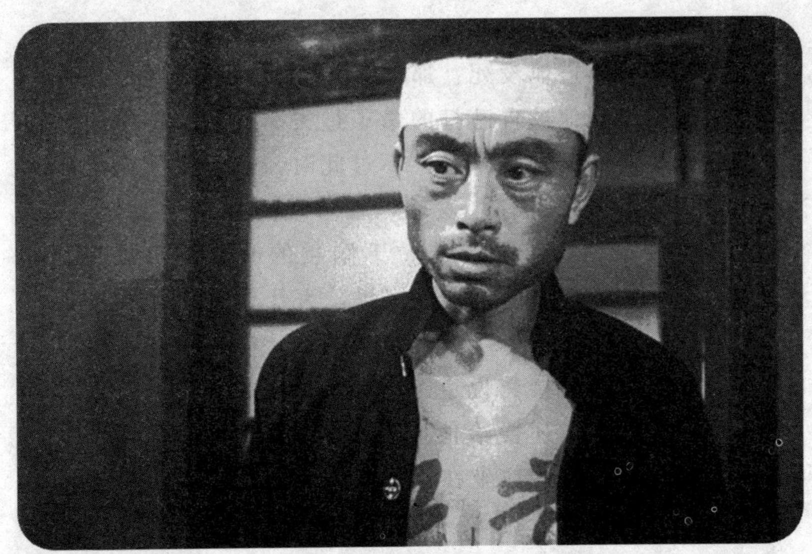

☆石云再次提审叶长谦："你家离珍珠巷那么远，为什么把包扔到那里？是什么人指使你杀人灭口？"她说着摁了一下铃，三轮车工人走进来愤怒地看着叶长谦说："你还认识我吗？"

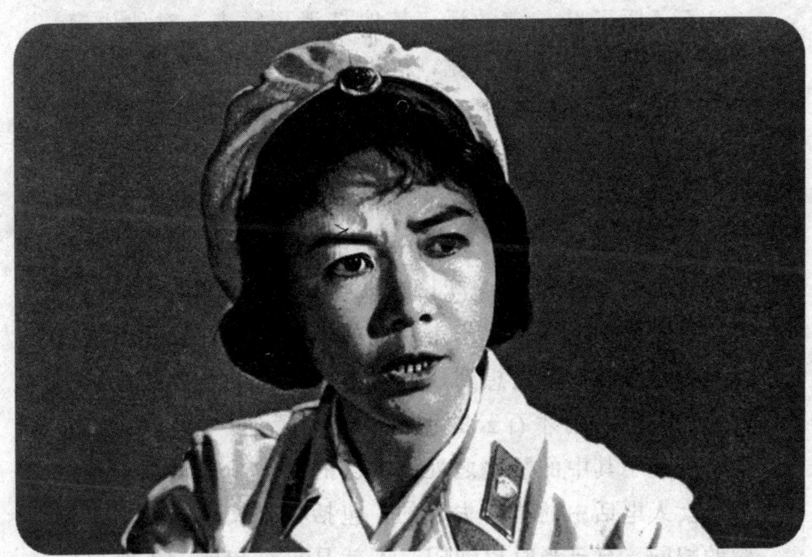

☆石云看着耷拉下脑袋的叶长谦，紧追不放："为什么你去接头的时候被捕了，到了紧要关头，他们出卖了你，为什么你还要给他们隐瞒？"

想，这个家伙不是已经被火车碾死了吗？怎么又出现在这儿了呢？难道他没死？那他又是如何逃脱的呢？自己当时明明看到他被自己打的晕了过去啊……一连串的疑问在叶长谦的脑子里飘过。不过此时，叶长谦已经无话可说了，身子已经有些发软，乖乖地瘫坐在了板凳上。石云看着呆坐在板凳上耷拉下脑袋的叶长谦，紧追不放："叶长谦，你好好地想一想，为什么就在你去接头的时候你被捕了……"听了石云的话，叶长谦好像在回想着什么。石云接着说道："到了紧要关头，他们出卖了你，为什么你还要给他们隐瞒？"叶长谦看着灯光下的石云，石云庄严地坐在审讯桌前，表情严肃，目光犀利，叶长谦哆嗦着说道："首长，我……我……我不会说啊！""为什么？"石云厉声问道。叶长谦说道："因为我没见过这个人。也不知道他住什么地方，说出来怕你们不相信，跟我要这个人。"

石云听了叶长谦的话，替他打消了顾虑，对他说道："政府的政策是：坦白从宽，抗拒从严。你只有完全彻底地坦白交代，你才有可能争取政府的宽大处理。""是。"听了石云的话，叶长谦终于招供了。他说道："七年前，'美国海军辅助通讯中心'派我到广州，说有个叫王先生的人是我……我……我的领导人。每回叫我干什么，都是让个女的，从电话里告诉我。"叶长谦原本还存在侥幸心理，以为自己不把他的上级交代出来，他的上边会派人或想办法来营救他。可是他万没想到，他的被捕，恰恰是他的上级把他给出卖了。刚才石云的话，也提醒了他。他思前想后，也意识到了其中的蹊跷之处。自己的每一步行动都是按照那个女人电话中的指示去做的，包括将公文包扔到那个偏僻的胡同，自己当时也纳闷，不就是扔个包嘛，干嘛要跑那么远。不过当时也就这么一想就过去了，毕竟是按照指示办事。还有自己为什么偏偏在接头的时候被人认出来，

被扭送到公安机关呢？细细想想，这一切也许石云说的没错。

☆叶长谦终于招供："七年前，'美国海军辅助通讯中心'派我到广州，说有个叫王先生的人是我……我的领导人，每次他都通过一个女的打电话告诉我。"

在广州的"南方之夏"音乐晚会上，陈亮受方丽的邀请也来到了音乐会现场，观看音乐会。陈亮坐在群众席的前排，欣赏着一个歌剧节目。这时一个服务员模样的人悄悄地走到观众席中，在正在欣赏节目的陈亮耳边说了句什么，然后这个服务员模样的人就离开了，随后陈亮也从座位上起身，走出了剧场。原来刚才这个服务员模样的人就是剧场的服务人员，是负责电话接听的。已经按照公安的指示，随时将有关的电话进行汇报。她刚才进来找陈亮，就是告诉陈亮，刚才有长途电话找方丽。告诉完陈亮后，这个服务员又去找方丽，正好方丽的演出节目还没到时间，服务员告诉了方丽，有长途电话找她。方丽一听说有长途电话找她，便急急忙忙地跑去接电话。

☆在音乐会上，一个服务员模样的人悄悄把观众席上的陈亮叫了出来。这位服务员又告诉方丽说有她的长途电话。

这时陈亮正好走出剧场，看到方丽在急急忙忙地跑着，知道她这是着急接电话，陈亮便悄悄地尾随了过去。看到方丽拿起了电话，陈亮便隐藏到一个暗处，将方丽接电话的情形看得清清楚楚，通话声也听得明明白白。陈亮这次来参加这个南方之夏的音乐会，就是受方丽的邀请。上次方丽请陈亮听音乐会，就提出了想通过陈亮带自己到深圳再去香港看望自己的姐姐。但当时在陈亮同意后，对方并没有着急走，而是说假还没请下来。这么要紧的事情，假能不好请么？那只能说明里边还有其他的问题。这次来听音乐会，陈亮估计方丽还会找他，没准还会提到出境看她姐姐的事情，这次看她怎么说。另外从目前公安局石云他

们那边的情况来看，那个偷包的犯人已经抓住了，胶片也搜出来了，但这个23号却还在频繁的活动，说明其中一定还有问题，自己正好多了解了解。

☆陈亮恰好走出剧场，他把方丽接电话的情形看得清清楚楚。

方丽拿起了电话，对着听筒说道："喂！我是方丽。"这时听筒里传来一个男人的声音："我姓王……"一听姓王，方丽好像有些紧张，她偷偷地环顾一下四周，然后手半捂着听筒，小声说道："王先生吗?"就听那个男人说道："你姐姐快要咽气了。"方丽紧张起来："那怎么办?"那个男人说道："慌什么？你马上找车请医生，应当还来得及。""是。"方丽小声地答道。这时那个男人又说道："我在16号桥头等你。"方丽赶紧说道："王先生，我从来没有见过你啊，我怎么知道那个人是你呀?"电话中那个男人说道："天气不好，我带着伞呢!""好的。"方丽说完便挂了电话。上边来指示了，要自己赶快与王先生汇合，要过境了。方丽心里在盘算，现在解放军把边境看得如此紧，怎么过呢？办批准证肯定是不可能，一是时间来不及，二是根本就不会办下来。看来只有麻烦那个解放军的参谋陈亮了。

☆方丽拿起电话，里边是一个男人的声音："你姐姐快咽气了。"方丽紧张起来："那怎么办？"那个男人说："慌什么？你马上找车请医生，还来得及。我在16号桥头等你，天气不好，我带着伞。"

第九章 幕后真凶

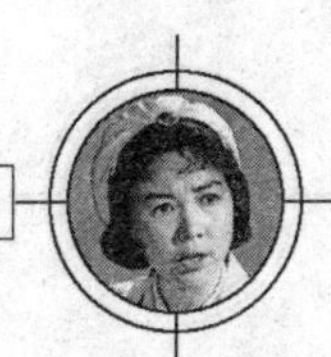

在一辆飞驶的吉普车里，坐着丁局长、石云和小崔。小崔还是照例坐在后排位置，但石云和丁局长的位置却调换了，这次石云坐到了副驾驶的位置上，而丁局长坐在了驾驶员的位置上，这次任务急，要赶时间，所以丁局长亲自开车。吉普车上，石云向丁局长做着汇报，丁局长一边开车一边认真听着汇报。石云说道："23 号背后确实有人指

☆在一辆飞驶的吉普车里，石云向丁局长汇报："23 号背后确实有人指使，可谁是她的领导人呢？"丁局长点了点头回答说："她不过是个联络员。我们现在到现场检验一下再说。"

使。”“是啊。”丁局长已经预料到了，他说道：“这个23号不过是敌人的一个联络员。”石云又说道：“可是谁是23号的领导人呢？这个王先生又是何许人也？”好多问题都在困扰着石云，这也成了侦破这起案件的关键所在。这时丁局长说道：“我有这样一个判断，到现场检验一下再说吧。”丁局长把稳了方向盘，踩了一脚油门，吉普车又快又稳地在马路上急速飞驶，他们要去陆大姐家，再进一步了解情况。

很快，车子就在陆大姐家院子门口停下了。丁局长、石云和小崔三个人下了车，径直往陆大姐家走去。到了陆大姐家，正好陆大姐在家，丁局长简单地说明来意，然后就开始安排，只听丁局长说道：“我现在来扮演古钟儒，石云来扮陆大姐，小崔你来扮金大夫。”陆大姐有些被丁局长说的弄糊涂了，笑着对丁局长说道：“老丁，你这是干什么

☆丁局长、石云他们来到陆大姐家，丁局长说：“我来扮古仲儒，石云扮陆大姐，小崔扮金大夫。请陆大姐做参谋。”说完他把皮包递给了小崔。

呀?”丁局长看着有些一头雾水的陆大姐说道：“陆大姐，现在我们请你来当顾问，做参谋吧。以前你向我们的几次汇报，仅仅是故事的开始，现在我要把结尾续上去。下面开始吧!”说完，丁局长将手里的公文包递给了小崔。陆大姐本来就有些糊涂，刚才让丁局长这么一说，更有些不明白了，她想，难道是自己先前的汇报错了？还是漏掉了什么重要的内容或细节没有汇报？不对呀，自己都是如实汇报的，虽说自己记性差些，但也不至于会落下什么没有汇报吧？不过丁局长说了让自己当参谋，也好，看看他们怎么演。

然后丁局长安排大家按照那天古大夫和金大夫捡包后走进来的情形，几个人又演了一遍：小崔扮演金大夫手里拿着公文包走在前边，丁局长扮演古钟儒走在他后边，石

☆按照那天古大夫和金大夫捡包后走进来的情形，几个人又演了一遍：石云接过公文包，打开，掏出一张图纸，看后马上去隔壁挂电话，丁局长一挥手叫小崔和石云同去隔壁房间。

云扮演陆大姐接过了小崔手中的公文包，石云不放心，还问站在旁边当“参谋”的陆大姐道：“陆大姐，当时是你先接过的公文包吧?”“是啊!”陆大姐肯定地说道：“我一看到公文包，就想起老李丢的那个来了。”然后石云将公文包放到桌子上，打开，掏出一张图纸。这时石云又扭头向陆大姐问道：“你不是说是你先打开的公文包，又从里边抽出图纸看的嘛?”“对！当时我想，这要是老李丢的那个图纸就好了。”陆大姐答道。这时丁局长说道：“你当时不是马上去打电话，还叫古钟儒和金大夫一块儿去的吗?”“是啊，是啊!”陆大姐答道。然后丁局长向扮演陆大姐的石云和扮演金大夫的小崔挥了挥手，示意他们按照当时的情况，一同去隔壁房间。

“停!”看到石云和小崔走到了门口，丁局长对二人喊到。旁边站着当“参谋”的陆大姐看得有些迷糊了，当初的确是这样的呀，自己和金大夫去隔壁房间打电话去了，好像古大夫当时由于年龄大了，腿脚不利索，所以就在这个屋子里待着来，难道这个时间段古大夫还做什么了？没有啊，自己打完电话就和金大夫回到了这个房间，古大夫好像还在那儿坐着，什么也没干呀，陆大姐还有些纳闷，这个丁局长到底是要什么呢？难道他知道古 大夫做什么了？这时丁局长说道：“关键就在下面，古钟儒见你们被他支开，进去打电话以后，他就开始了活动。”然后丁局长扮演古钟儒当时的活动情况，只见他从口袋里掏出个小机器，然后挪动台灯，开始对着图纸……正在这时，突然外面传来一阵响动，丁局长马上警觉地问：“谁?”

听到丁局长冲着外边的喊声，陆大姐忙走了出去，就听老保姆答道：“我。”原来老保姆托着茶盘，准备给他们送茶水。陆大姐对老保姆说道：“哦，是阿姨呀，进来吧。”老保姆回过头答道：“你们在工作，我就不进去了。”说完端着茶盘就往通道内走去。这时丁局长往外走了几步说道：

☆丁局长见他们走出门后，从手里掏出一个小机器，挪动台灯，开始对着图纸……突然外面传来一阵响动，丁局长马上问：“谁?”

☆老保姆托着茶盘，回过头答道：“我。你们在工作，我不进去了。”丁局长追问：“你怎么知道我们在工作啊?”

“哎，你怎么知道我们在工作呀?”丁局长干了三十多年的警察，侦察出身。现在的这个案子他交给具有丰富的侦察经验的石云来负责，他很放心。石云是丁局长一手带出来的，可以说将自己的好多经验和侦察技巧都传授给了石云。但当前这个案子，却遇到了问题，在叶长谦被关押的情况下，23号居然还在活动，说明这个案子有漏网之鱼，在关键的时候遇到了阻力。今天来陆大姐家，丁局长就是想亲自带石云和小崔再重演一遍当时古钟儒与金大夫到陆大姐家的场景，希望能找出什么破绽来。丁局长注意每一个细节，包括刚才门外老保姆不经意的走动。

听了丁局长的问题，老保姆停下脚步，对丁局长说道：“我知道，你在念字。”听了老保姆这句话，丁局长有些意外。这个老保姆已经在陆大姐家待了七八年了，从来不认

☆老保姆对丁局长说：“我知道，你在念字。”丁局长迈前一步说：“你怎么知道我在念字?”老保姆又说：“那天晚上古大夫来，我给他送茶的时候见到他也是用这个在念字。”

识字，他现在看我手里也拿着一个微型照相机，怎么说我是在念字呢？这又是为什么呢？想到这儿，丁局长往前迈了一步又问道："你怎么知道我在念字呢？"老保姆实在地说道："那天晚上古大夫来的时候，我给他送茶水过来的时候，见到他也是用这个东西在念字。"别看人家老保姆自己不识字，但是也算见多识广，上次见古大夫拿着这个东西对着图纸看，应当是念字。今天丁局长也是拿着这个东西，那肯定还是念字喽。老保姆没想到，自己的一句话，点醒了在场的包括丁局长、石云、小崔还有陆大姐。此时平时大大咧咧的陆大姐好像也明白了什么似的。

听到老保姆这一席话，大家都不由得相互对望了一眼。丁局长对老保姆说道："阿姨，谢谢你，我们不喝茶了。"这个老保姆可算帮了他们的大忙了，让丁局长的假想更具有说服力，也得以印证。现在真相终于被解开了，丁局长

☆听到老保姆这一席话，大家不由得相互对望了一眼。丁局长点了点头，说："这个谜已经全部解开了……"

对大家点了点头，说："这个谜已经全部解开了……"这时石云有些自责地说道："我怎么把古钟儒给排除了呢?"这时丁局长说道："最初，我在思想上，对古钟儒也仅仅是怀疑，经过进一步的了解，问题现在清楚了。"现在可以说案子出现了转机，叶长谦的上级很有可能是古钟儒，但是，叶长谦说过，他的直接领导是一个女的，很可能是23号方丽。还有那个幕后的王先生又是谁呢?他和这个古钟儒又是什么关系呢?大家又开始理叶长谦、古钟儒、方丽、王先生这几个人，看看他们之间到底有没有关系，有的话又是什么联系呢?

这时丁局长给大家分析说："古钟儒指挥叶长谦盗取了公文包之后，行窃犯不管用什么技巧，如何掩盖，总会留下犯罪证据，一定会被我们侦破。所以他要再拍一张，而

☆丁局长给大家分析说："古仲儒指挥叶长谦盗取公文包后，他知道，窃犯会留下罪证被我们侦破，所以他要再拍一张。他让23号打电话给叶长谦，让他在指定的时间把公文包扔到珍珠巷，以便金大夫路过时捡到。"

不能单单是靠叶长谦那张。”顿了顿，丁局长接着说：“古钟儒又通过23号，打电话给叶长谦，让他在指定的时间内，把偷窃来的公文包扔到珍珠巷，便于金大夫路过的时候捡到。”不愧是多年的老侦察员，丁局长分析得很全面，也很符合实际情况。犯罪分子的确是通过这样的一个事实过程来完成犯罪计划的，目的就是为了能保存一级胶片，好带到境外。不过再狡猾的狐狸也逃不出好猎手的眼睛，无论是叶长谦还是古钟儒，都是狡猾的狐狸，只是叶长谦只是个替罪羊，他也被古钟儒利用了。接下来，关键问题是要找到这个“王先生”，他是整个案件的关键所在。胶片应当最后是交给他的，可是，现在这个“王先生”又在哪里呢？按照惯例，这个所谓的“王先生”只是个代号，很可能他都不姓王。

听了丁局长的分析，小崔好像还有些疑问。他有些不

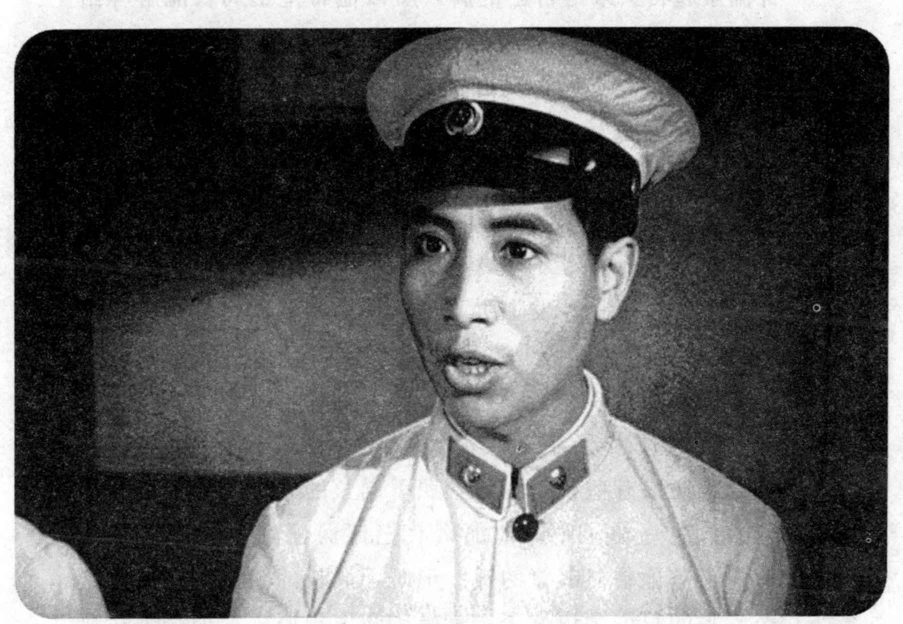

☆小崔不解地问：“为什么古仲儒亲自抓叶长谦，这不等于把叶长谦拍的图片交到我们手里，这不是太傻了吗？”

解地向丁局长问道：“为什么这个古钟儒要亲自抓叶长谦呢？这不但暴露了他自己，同时还等于将叶长谦拍下的图纸照片交到了我们的手里，他这不是太傻了吗？”小崔虽然在侦察员的序列当中，是从警时间最短的，但他经过这么多年的学习与锻炼，无论是从丁局长身上还是从石云身上，都学到了不少东西，不但增长了见识，积累了经验，也为自己分析问题奠定了基础。就目前这个案子，小崔前期考虑得很是简单，开始以为包被捡到，案子就结了。没想到后来的事情更复杂，还差点出了杀人灭口的事儿来。接下来在石云的引导和带领下，加上刚才丁局长的现场排演，小崔也终于明白了案件的真相，认识到古钟儒在这起案件中起到了核心作用。但是在丁局长给大家分析完整个案情以后，小崔反而又有些不明白了，他搞不懂为什么这个古钟儒搬起石头来砸自己的脚。所以他希望丁局长能解释给他听。

“是啊！”丁局长说道：“按一般的规律，敌人是尽一切可能避开嫌疑。而古钟儒呢，就利用人们对问题的习惯认识，他以为只要交出了叶长谦、图纸、照片，我们就会停止追查。他自以为聪明，其实就更加愚蠢。”听了丁局长的一番话，小崔总算是明白了，他情不自禁地点了点头。这时，坐在沙发上听丁局长说话的陆大姐有些不明白地问：“老丁啊，这个古钟儒怎么会知道到我家来就一定会有机会拍照呢？”这个案情被丁局长分析得水落石出，陆大姐也总算弄明白了这个案子的大致经过。但对古钟儒，她还是有些稀里糊涂，照丁局长的分析，这个古钟儒也太孤注一掷了吧。他那么有把握保证到了我家就能拍照？还是他临时起意的呢？但听丁局长的说法，好像是这个姓古的早就预谋好了，就是到我家拍照，那他是怎么算准了在我家就一定能拍照呢？所以陆大姐在这个环节还是有些不清楚。

☆丁局长说："古仲儒利用了人们的习惯认识，他以为交出了叶长谦、图纸、照片，我们就会停止追查。他自认为聪明，其实更加愚蠢。"陆大姐有些不明白地问："她怎么知道到我家来就有机会拍照呢？"

听了陆大姐的疑问，丁局长从沙发站了起来，看着陆大姐说道："本来他是没有机会拍照的，但是他对你家的情况，特别是对你的和平麻痹思想，已经完全摸透了，所以他才敢采取这种冒险的手段。"听了丁局长的话，陆大姐吓出一声冷汗，没想到责任在自己，"唉……"陆大姐深深地叹了一口气。丁局长接着说："陆大姐，从今天下午的谈话里，古钟儒知道李化要来广州的消息，是你在看病时无意走漏的。要检查原因，是因为你在思想上已经没有了敌人。陆大姐，这可是一次严重的教训呀！""唉……"陆大姐又自责地叹了一口气，然后对丁局长说道："老丁啊，这回算把我的眼睛擦亮了。"陆大姐是一个直来直去、大大咧咧的人，肚子里存不住事，有什么话，见人就想说。在她的脑

子里，就没有什么秘密。另外，她总认为国民党被赶到台湾了，美帝国主义也远离了，所以现在就理所当然是和平年代，那警惕性自然也就没有了。

☆丁局长说："本来是没有机会的，但他对你家的情况，对你的麻痹思想已经摸透了，所以才敢冒险。"

正在这时，金大夫突然跑着来到了陆大姐家。他一进门，看到大家都在，丁局长一看是金大夫，忙向前走了几步迎了上去。金大夫对丁局长说道："丁局长，古钟儒不见了。""哦。"丁局长有些吃惊。看来这个古钟儒是已经觉察到什么了，要不就是他着急出境，向他的主子汇报工作，图纸的胶片肯定在他的手里，一定得想办法抓住他。对于古钟儒的失踪，丁局长倒也在意料之中。他一直对古钟儒持有怀疑，但没有真凭实据，所以没有抓他。石云给丁局长汇报审讯叶长谦的案情时，当时金大夫就让丁局长派人找来了，那时丁局长就指示金大夫平时要多注意古钟儒的行动。得到丁局长的指示后，金大夫便留意起古钟儒的行

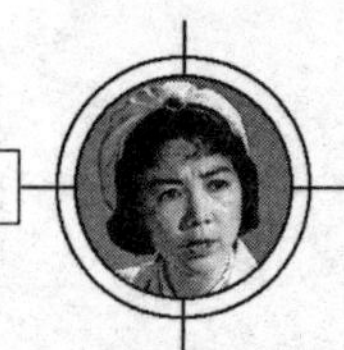

踪来，其时平时他的行踪基本上都是固定的，除了上门给病人看病，平时也不怎么出门。但今天自上午出去看病后就没再回来，所以金大夫感觉是出事了，肯定是逃跑了。所以急忙来向丁局长他们汇报。

☆这时金大夫跑来报告，古仲儒不见了。原来金大夫前次和丁局长会见时，丁局长就指示他平时要注意古仲儒的行动。丁局长听了汇报立即和大家动身离开了陆大姐家。

音乐会结束了，散场后陈亮走出了剧场，刚走没几步，突然听到有人喊他："陈参谋。"陈亮站住脚步，一看是方丽，忙问道："哎，节目已经完了呀，你怎么还没回去呀?"听了陈亮的话，方丽一副很难受的样子问他道："陈参谋，你是要赶回深圳么?" "是啊。"陈亮答道。方丽接着说："我刚才接到了长途电话，我姐姐快咽气了。"说完，方丽用祈求般的眼神看着陈亮。陈亮饱含同情地问道："你姐姐住在哪儿?"方丽告诉陈亮："我姐姐住在深圳。""噢，对，你跟我说过你姐姐住在深圳。"陈亮有些不好意思地说道。

这时方丽带着哭腔对陈亮说道："陈参谋，我已经请准了假，想搭你的车去看她。"方丽自从接了那个电话后，便心神不宁起来，电话中要求她尽快回去看她姐姐，而当前边境关卡很严，根本出不去。所以此时方丽所有的希望都寄托在了陈亮身上。她希望陈亮能帮助自己，能够带她出去，毕竟上次她已经跟陈亮提过一次了，当时是由于自己没有请假。

☆音乐会结束了。散场后，方丽拦住了陈亮："我刚才接到长途电话，姐姐快咽气了，她住在深圳，我已经请准了假，想搭您的车去看她。"

听了方丽的请求，陈亮犹豫了一下，然后对方丽说道："哎呀，时间太晚了，来不及办通行证了。"陈亮此时知道，方丽是急着要去深圳。上次方丽就说要自己带她去深圳，当时自己同意了，但她却说没请好假，所以没去。今天又来找自己说要去深圳，那么你急我就偏要缓一缓。另外根据目前石云他们案件的进展，叶长谦虽然被抓住了，但背后还有大鱼，现在还没浮出水面。现在方丽又这么着急要

出去，看来是得到指令了，猜不错的话，她的上线可能会出现。方丽他们现在越是着急，自己就越要沉住气，好好地拖她一拖。从目前的情况分析，方丽想到深圳，只有通过自己，办通行证是不可能的，现在早就不能办了，就算是办，也需要提前半个多月。所以她现在着急走，只有自己这一条路可以选择。陈亮想看看方丽下一步还有什么动作。

☆陈亮犹豫起来："时间太晚了，来不及办通行证了。"

听了陈亮的话，方丽有些激动了，哭了起来。她哽咽着说："你真不知道我姐姐出生有多苦，心肠有多慈祥。我是姐姐亲自一手抚养大的，要是在她去世以前我不能亲眼见她一面，那我一生……"没等说完，方丽便转过身，躲到一边去哭泣起来。方丽知道，现在自己到达深圳的唯一方式就是只有通过陈亮了。陈亮说什么时间太晚了，办不了通行证了，那尽是冠冕堂皇的话。方丽知道陈亮是解放军保卫部的参谋，搭他的车到深圳，根本就不需要通行证，

顶多就是哨兵问一声，甚至哨兵问都不会问一声。所以她想通过亲情这张牌来打动陈亮，毕竟男人都是心比较软的，特别是当兵的男人，意志比钢铁硬，心肠比豆腐还软。所以方丽就借着说姐姐快不行了，然后再哭泣，从而打动陈亮，让陈亮同情自己，这样说不准陈亮一时心软，就会同意带自己到深圳。

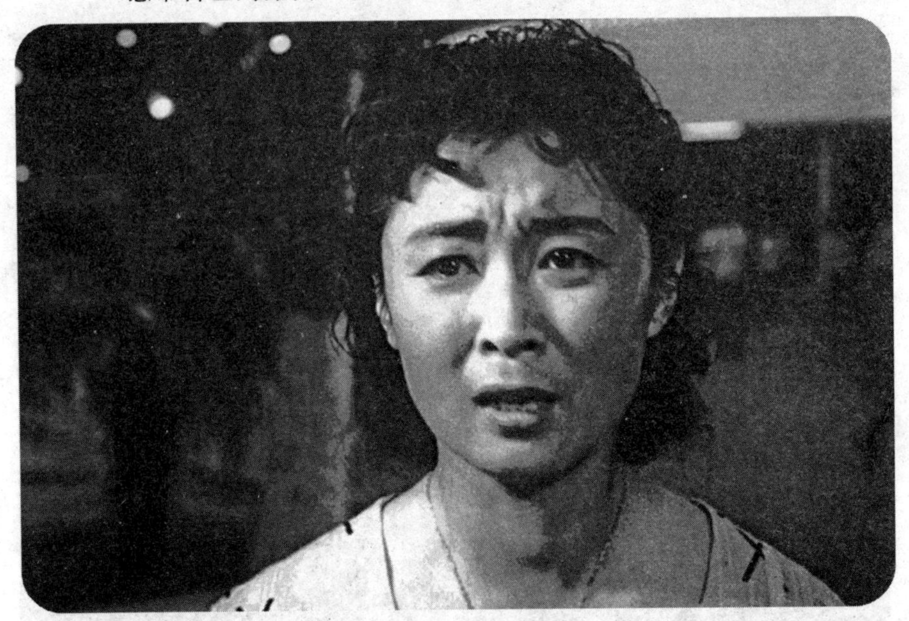

☆方丽哭了起来："我是姐姐抚养大的，要不能见她最后一面，那我一生……"

陈亮看着偷偷哭泣的方丽，不知道说什么好，只得走上前去，对她说道："别哭了。"陈亮不劝还好，陈亮这一劝，方丽反而哭得更伤心了。反倒弄的陈亮很不好意思，好像是自己把方丽弄哭了似的。看方丽实在是哭得难受，陈亮便终于下了决心，对正在哭泣的方丽说道："好，我带你去。"一听说陈亮同意带自己去了，方丽转过身来，紧紧地握住陈亮的手，激动地说："真不知道怎么来表达我感激你的心情。"这时陈亮松开方丽握着的手对她说道："你在

这儿等一下，我去把车开来。”“好。”方丽答到。看着陈亮去开车的背影，方丽脸上露出了胜利者才具有的微笑。怎么说呢，是英雄难过美人关，还是自己用姐姐的悲情故事打动了陈亮呢？但不管怎样，陈亮答应带自己到深圳了。当时电话中说自己的上级“王先生”在十六号桥头等自己，到时再捎上他，不过现在还不能跟陈亮说，免得陈亮起疑心。

☆陈亮终于下了决心：“好，我带你去。”方丽紧紧握住陈亮的手说：“真不知道怎么来表达我感激你的心情。”陈亮让方丽等一下，他去开车。

万籁俱寂的夜，一片漆黑，在宽阔的马路上，两束灯光由远及近，原来是一辆飞速行驶的吉普车。在奔驰而来的吉普车里，坐着丁局长、石云和小崔。还是老规矩，小崔一个人坐在最后一排，这次丁局长又坐在了副驾驶的位置上了，石云坐在驾驶员的位置上，认真地开着车。已经是深夜了，路上基本没有什么行人，路上的车也是少之又少，半天都看不到一辆车。丁局长得到金大夫的汇报后，

担心古钟儒潜逃，所以就连夜安排布置。根据叶长谦的交代，负责跟他单线联系的是一个女人，现在基本上已经确定是23号——方丽了。另外叶长谦也供述，他的领导是一个自称“王先生”的人，但他也从来没有见过。从目前掌握的情况看，这个方丽好像也是受这个“王先生”的指示，他们好像也没有见过面。有可能这个古钟儒认识这个“王先生”，甚至古钟儒就有可能是这个“王先生”。如果真是的话，那古钟儒要逃跑的话，可能会通过方丽。

☆在一辆奔驰而来的汽车里，坐着丁局长、石云、小崔他们，突然，前方驶来一辆车，丁局长立刻叫车停下，随后走下了汽车。

吉普车在空荡的马路上高速行驶着，突然，前方两束车灯的强光快速地由远及近，一辆汽车快速地和石云驾驶的吉普车相向而行，就在刚要错过去的时候，丁局长立刻叫石云停车。听到命令，石云连忙用力踩下了刹车，车停稳后，丁局长打开车门，下车走了过去。吉普车里只剩下石云和小崔了。刚才快速驶过来的是一辆黄色的军用吉普

车，它看到石云驾驶的吉普车突然在马路上停下后，这辆军用吉普车也停了下来。空旷的马路上，两辆车的四束灯光交汇着，让这空旷的马路反而显得不那么空寂。明亮的车灯，像是出鞘的利剑，刺破了夜幕的宁静。让所有的黑暗都在明亮中遁形，高悬的利剑，将斩断一切罪恶之手，让所有的黑恶势力一去不复返。

☆那是一辆军用吉普车，也迅速停在了路口。

待这辆军用吉普车停稳了，石云立即就发现这是陈亮的车，看到陈亮的车出现了，石云的心里明白一定发生了紧急情况。她密切地注视着。很明显，陈亮开车来了，肯定是有事情要和丁局长说，一定是23号有了新的情况。石云的心跳在加速，她有些激动，陈亮的出现，估计是23号又找他了，肯定是有了新的动向。那么23号出现新的活动迹象，是不是古钟儒和她有联系呢？这可能是最好的机会，趁此机会，将他们一网打尽。只是现在还不知道这次陈亮

带来的是什么消息，不过看他这么晚还要着急赶过来，看来事情很紧急，他着急向丁局长汇报。看来丁局长估计得没错，这个古钟儒之所以失踪，他是要连夜出逃。那个图纸的胶片肯定就在他身上，他现在是想马上将这个胶片转移出去。现在整个边境的道路都被封了，他想出境可不容易，不知道他是想通过什么样的方式。

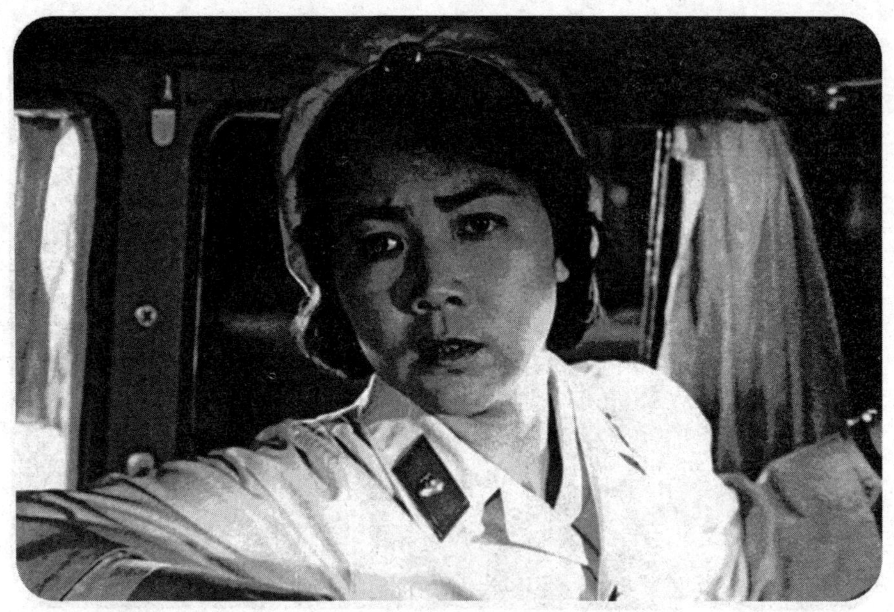

☆石云立即发现这是陈亮的车，心里明白一定发生了紧急情况。她密切地注视着。

果然，陈亮从军用吉普车上下来了。不一会儿，陈亮跟随丁局长一起回来上了石云驾驶的吉普车。陈亮对丁局长说道："今天晚上听音乐会，23号找我了，要求连夜赶到深圳去，看来，她一定要在路上耍什么把戏！"在音乐会剧场，陈亮答应带方丽到深圳去，然后告诉方丽自己去开车，让方丽等着。陈亮利用自己告诉方丽去开车的时间，他驱车风驰电掣地往公安局赶去，没想到在这条路上遇到了丁局长、石云和小崔他们。陈亮连忙将自己掌握的情况向丁

局长进行了汇报，好让丁局长他们尽快做出判断，以便采取必要的行动措施，以免贻误战机。陈亮现在也看出丁局长他们也开始采取行动了，否则也不会这么晚了还能在路上碰到。对陈亮而言，他希望能通过23号方丽的动向，将隐藏在方丽幕后的真正人物引出来，以便公安机关斩草除根、一网打尽，从根本上切断敌人与海外的最根本联系，从而保障祖国的安全。

☆不一会儿，陈亮跟随丁局长一起坐进车里。陈亮说："23号要求连夜赶到深圳去，看来，她一定要在路上要什么把戏！"

"哦！"听了陈亮的汇报，丁局长感觉有些惊讶。他对陈亮说："这个情况和古钟儒逃跑有关系。""古钟儒跑啦？"陈亮听到这个消息感觉有些意外。丁局长说道："这个老狐狸不但狡猾，嗅觉还相当灵敏。"陈亮又肯定地对丁局长说道："这个23号今天晚上突然提出连夜要走，一定在路上有什么名堂。"听了陈亮的分析，丁局长同意地说道："我看也是这样。你要注意，你拉着23号，如果在路上遇到一个叫王先生的，可以允许他上车。”陈亮在知道古钟儒逃跑后，更确定了23号与其之间肯定有联系。怪不得23号要求连夜出城呢，肯定是受古钟儒的指示。那么丁局长口中说的这个王先生是谁呢？只知道这个王先生是叶长谦、方丽的顶头上司，但叶长谦和方丽好像都没有见过这个王先生。那这个王先生和古钟儒又是什么关系呢？他们二者有没有联系？这个古钟儒会不会就是这个王先生呢？这一切现在都是个问号，也许过了今晚，一切都会明了。

☆丁局长对陈亮说：“这个情况和古仲儒逃跑有关系，这个老狐狸，嗅觉很灵。你要是在路上看到一个叫王先生的人，允许他上车。”

这时丁局长又对坐在驾驶员位置上的石云和坐在副驾驶员位置上的小崔说道：“你们抢先赶到深圳，准备接应。”听到丁局长的命令，石云重重地点了点头。石云和小崔也意识到这起案子的关键时刻来了，今晚是要收网了。这一网能打多少鱼，能不能打到心目中的那条大鱼，是很关键的，直接关系到这次出海的成果和收获。丁局长的这番部署，也是在听了陈亮关于 23 号今晚要着急出城的汇报后，再结合叶长谦接下来的供述和古钟儒的逃跑而做出的决定。如果丁局长没有意料错，那么这个所谓的“王先生”很可能会隐藏在某个地方，伺机与 23 号汇合，然后想办法先到达深圳，再从深圳出境。目前看来，23 号是这起案件的关键，是线索所在。方丽既然选择了通过陈亮来带她出城，那么这个“王先生”也极有可能搭乘陈亮这趟车，所以丁局长特别交代了陈亮，如果路上遇到了叫“王先生”的要上车，一定要拉上他。

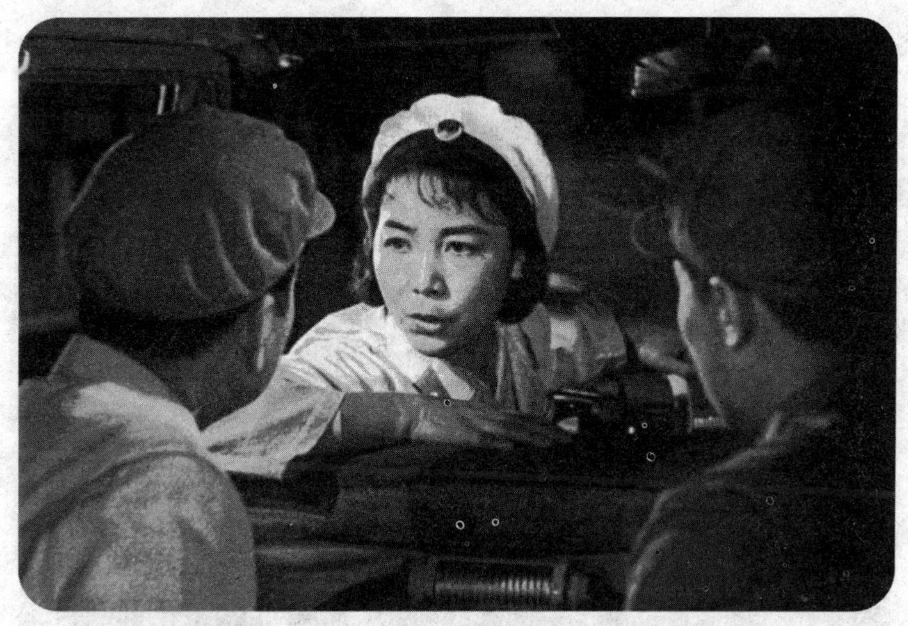

☆丁局长对石云他们说：“你们抢先赶到深圳，准备接应。”石云重重地点点头。

这时石云关切地问丁局长：“如果我们在去深圳的路上遇到了那个‘王先生’，我们要不要逮捕他?”丁局长听了石云的问题，对他们说道：“这个“王先生”选择走深圳这条道路，必定在深圳和深圳附近的地方有他可以利用的关

系，我们一定要等待时候成熟，做到一网打尽，全部歼灭!”陈亮又对丁局长说道：“尚部长已经通知了部队和民兵，沿路进行严格监视，同时完全封锁整个海面。”丁局长点头说好，于是大家分头行动。陈亮继续开车回音乐会的剧场接23号方丽，然后回深圳。石云和小崔开车直接往深圳赶，去做接应。现在既然尚部长已经布置了部队和民兵两股力量做保障，还封锁了整个海面，那应当说是万无一失了，料这个古钟儒插翅也难逃。倒是这个“王先生”到底如何同23号方丽接头会面，另外他会不会也同方丽一块搭乘陈亮的车到深圳，这个目前还不敢确定，只能走一步看一步。只要陈亮跟紧了方丽，就不怕他们不碰面。

☆丁局长叮嘱大家：“我们要等时机成熟，做到一网打尽。他们在深圳附近肯定有可利用的关系。”陈亮又对丁局长说：“尚部长已经通知部队和民兵，沿路监视，同时封锁海面。”丁局长点头说好，于是大家分头行动。

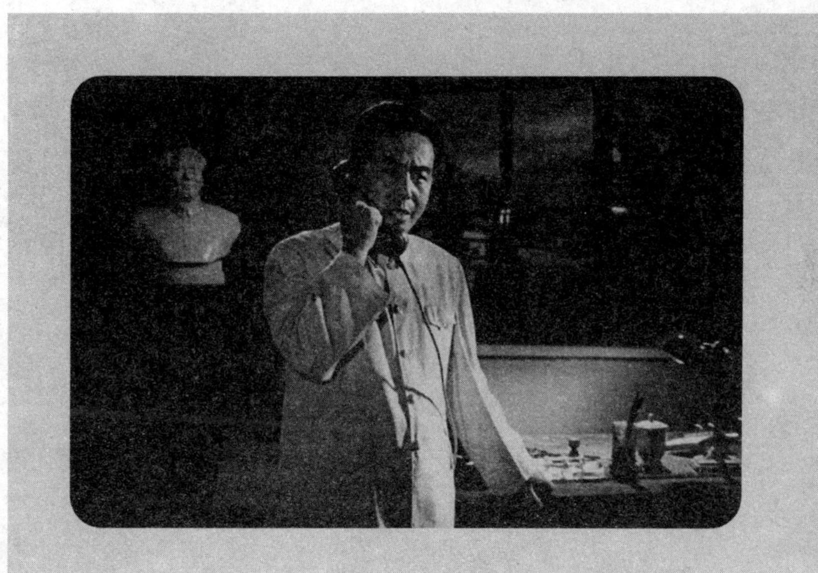

第十章 连夜出逃

很快，陈亮就回到了音乐会的剧场，拉上等候着的方丽，一块往深圳出发。夜很黑。路上的车很少，陈亮坐在驾驶员的位置开着车往前赶路，方丽坐在副驾驶的位置上。正在行驶的过程中，坐在车里的方丽突然对陈亮说道："哎呀，我事先忘了告诉你，我给姐姐请了个医生。""噢。你想得还挺周到。"陈亮一边开车，一边笑着一语双关地说道。然后又问方丽道："这个医生在哪儿呀?"方丽说道：

☆晚上，陈亮开着车往前赶路，坐在车里的方丽突然对他说："哎呀，我事先忘了告诉你，我给姐姐请了个医生，就在前面桥头上等。"陈亮笑着一语双关地说："你想得可真周到啊!"

“他就在前边的桥头上等我们。”这时，陈亮心里很是激动。看来自己猜测的不错，这个23号果然在路上有名堂。开始就根本没提还有一个人的事，现在了告诉我还给她姐姐请了个医生。糊弄谁呀，人都快要咽气了，就是华陀再世也无济于事。再说了，深圳那么大，还能没有好医生。这样也好，自己也省事了，正好将他们一网打尽。看来丁局长预料的不错，早就算到了半路上会有个“王先生”搭车，局长就是局长，称得上是神算子了。

当陈亮驾驶的汽车快要行驶到桥头时，还离得老远时方丽就把车窗玻璃摇了下来，将头探出窗外，向桥头张望着。车终于驶向桥头了，借着车灯的光亮，隐约看到前边有人影在晃动，方丽忙叫陈亮停车。然后方丽推开车门，走了出来。陈亮也借机下了车，放松一下身体，然后一边打开车的前机器盖，假装检修汽车，一边偷偷地观察着方

☆车驶向桥头，前边有人影在晃动，方丽叫车停下，自己走上前去，她见那人夹着雨伞，就试探着问：“您是王先生吧？”

丽和那个人。只见那个人影背对着来车的方向，手里拿着一把雨伞，站在那里。方丽没有直接打扰对方，而慢慢地走过去，从后边细细地观察着，等看清了这个人手里确实拿着一把雨伞时，便上前两步，试探着问道："您是王先生吧?"此时的方丽，心里很忐忑，一直接受所谓的"王先生"的指令，但却从来没有见过这个人。这个"王先生"再怎么也是自己的顶头上司，今天要见面了，所以心里还是有些忐忑不安的。下一步，到达深圳后，还要靠"王先生"安排过境，这也是目前方丽所期待的。

听到方丽的询问，那个人转过身来，只见这个人瘦瘦的，六十多岁，光头一字须，正是古钟儒古大夫。只见古钟儒细细地打量了打量站着眼前的方丽，然后不紧不慢地对她说道："我不是王先生。"这时正在检测车辆的陈亮听

☆那人回过头来，正是古仲儒。他回答道："我不是王先生，王先生让渔民请去看病了，他叫我带你们去找他。"方丽回头叫了一声陈亮，陈亮挥手叫他们上车。

到他说自己不是王先生，陈亮便对方丽说道："噢，不是啊，不是那我们快走吧！""好的。"方丽答应了一声。然后方丽又对古钟儒说道："对不起，大概我认错人了。"说完方丽便转身往停车的方向走去。一见方丽要走，古钟儒忙对方丽说道："哎，同志，是这样的。王先生让渔民请去看病去了，他让我带你们去找他。"方丽听了"哦"了一声，默默地思考了一下，然后对正在检修车辆的陈亮说道："陈参谋，您看……"陈亮看了看方丽说道："问题不大，赶快上车吧。"听陈亮这么说，方丽便对身后的古钟儒说道："走吧。""哎。"古钟儒答应了一声，然后便同方丽一块往陈亮的车走去，然后陈亮驾驶汽车继续出发。

陈亮驾驶着吉普车借着两束车灯的亮光，飞速行驶在夜色中。很快，陈亮的车就到了禁区的哨卡，只见一个简易的岗亭屹立在禁区，一个停车杆横在路口，二名持枪的解放军战士正在执勤。一个写有"停车检查"的大型宣传

☆汽车驶过禁区的哨卡，卫兵举手敬礼，拦住了汽车，准备检查。

牌竖立在岗亭对面。看到有车辆开了过来。一个哨兵手拿指挥旗，向前一步，举手敬礼，拦住了汽车，示意其停车，准备检查。在广州通往深圳的各个路口、关卡，都有解放军的哨兵持枪站岗。接到了尚部长的指示，所以关卡都严格检查，加大了检查力度。这个关卡也不例外，24 小时有解放军战士持枪检查，岗亭内有专线电话，遇有特殊情况，随时通过电话向上级汇报。作为军区保卫部的参谋，陈亮经常往返于深圳与广州两地，这个从广州通往禁区的哨卡也是他经常走的，也是他经常巡查的重点。今天他没有走其他地方，还是像以往一样，从这里到达禁区。

陈亮把车停稳后，哨兵向陈亮行了个标准的个，坐在车内驾驶员位置上的陈亮也回以军礼。这时，汽车里的古钟儒和方丽陡然紧张起来……卫兵拿出手电，用手电筒的光亮照在汽车每个人的脸上。手电筒的光像一把出鞘的利

☆汽车里的古仲儒、方丽一下紧张起来……卫兵用手电筒的光亮照在汽车里每个人的脸上。

剑，刺向了方丽，刺眼的光亮，让方丽眼睛睁不开，她急忙用手遮挡这耀眼的光亮。古钟儒倒是很冷静，卫兵用手电筒的光亮照射着古钟儒光秃秃的脑袋，面对刺眼的光亮，古钟儒假装镇静。有陈亮在车上，方丽和古钟儒大可放心，这也是方丽为什么要搭陈亮的车的原因。不过方丽和古钟儒还是有些担心，人们常说“做贼心虚”，所以二人是提心吊胆。不过二人也在畅想着，只要过了这个关卡，就可以到禁区了。那就离“回家”的路更近一步了，剩下的路，就不需要陈亮了，需要的是古钟儒。古钟儒和方丽在哨兵的手电筒光的照射下，希望这一段能快些过去，早些到达禁区。

对车上的人员进行一番手电筒光的照探后，哨兵站在车头前对坐在驾驶位置上的陈亮说道：“陈参谋，需要他们两人出示下他们的通行证?”听了哨兵的问题，陈亮看了看坐在副驾驶座位上的方丽对哨兵说道：“她姓方。”然后陈亮又看了看坐在后排的古钟儒，然后对哨兵说：他姓……”陈亮本想说“他姓王”，可后来一想，刚才古钟儒说了，他不姓王，所以陈亮借此机会，想看看古钟儒怎么说。陈亮不知道古钟儒姓啥，就用眼光看着副驾驶位置上的方丽，意思是让方丽告诉他这个老头是谁，姓什么。可惜方丽也不知道，方丽的眼神也表现出一种不知所措。倒是古钟儒不含糊，一见陈亮正在向哨兵介绍他，不知道他姓什么。古钟儒忙说道：“我姓于。”然后陈亮对车前的哨兵说道：“姓于，是我请来的医生。”这个时候，陈亮也得帮着他们些，毕竟是在他车上坐着的嘛。

哨兵听完陈亮对车上两个人的介绍后，向陈亮行了个军礼，然后转身将拦路的路杆抬起，让汽车通过了哨所。就在路杆缓缓抬起的刹那，方丽的心是异常地激动和兴奋，过了这个哨卡，可以说基本上就到达边境了。为什么呢?因为这个哨卡是广州通往深圳的必经之路，如果没有陈亮，

☆卫兵对陈亮说："陈参谋，他们两人的通行证?"陈亮说："她姓方，他姓……"古仲儒连忙说："姓于。"陈亮向战士示意："姓于，是我请来的医生。"

☆战士又敬了个礼，转身将拦路杆抬起，让汽车通过了哨所。

如果不是坐陈亮的车，那要想过去，可以说是休想。到了深圳那边，深圳通往香港的方式好多，虽说可选的只有水路和陆路二种方式，但是深圳与香港毗连的水域面积广阔，要想过去，应当不是难事。更何况，从深圳到香港那边，不是还有老奸巨猾的“王先生”呢么，自己就可以不再提心吊胆了。此时的古钟儒，心情是十分复杂，但看着缓缓抬起的路杆，还是掩饰不住自己内心的高兴。因为可以说，只要出了广州，就已经达到三分之二的目的了。从深圳出境，就很好说了，因为自己已经有安排了，这边有人护送，那边有人接应，真是万事俱备啊。

哨卡执勤的哨兵待陈亮拉着古钟儒和方丽的吉普车驶过哨卡后，便将路杆重新放下。看着汽车驶远后，便快步跑向了执勤岗亭，然后拿起电话，拨了出去。非常时期，自然要采取非常的应对措施。自打接到尚部长对各个哨卡、关口严格检查的命令后，各个哨卡都加强了审查机制，严

☆看到汽车驶远后，卫兵进屋拿起了电话……

格盘查一切车辆、人员，特别是遇到可疑的车辆、人员，必须认真、仔细的核查，绝不放过一个可疑的人员。另外根据特殊要求和安排，上边已经重点跟各个哨卡的执勤哨兵进行过传达，遇到军区保卫部陈亮陈参谋驾驶的车辆通过时，特别是在其车上载有不明身份人员时，只是进行例行的询问及盘查，包括询问乘车人的通行证、姓名等，不要执行严格的没有通行证一律不准通过的制度。目的就是能让其顺利通过，但还不能让车上的人员起疑心。说白了就是保障他们能够顺利从广州到达深圳。这样也便于秘密图纸案件的顺利侦破。

哨兵的电话没有打向别处，而是直接打给了石云，石云按照丁局长的安排，在陈亮与他们短暂碰面汇报完情况离开的同时，石云和小崔也驱车直奔深圳，现在石云和小崔就在深圳的解放军边防检查站。石云拿起电话，听着电

☆电话那边的人正是石云，她说："好，知道了。"然后放下电话，叫小崔迅速准备。

话那头哨兵的汇报，然后她对着话筒说道："好，知道了。"然后就放上了电话。站在一旁的小崔焦急地看着石云，可惜他听不到电话那头的声音，不知道具体目前是什么情况。等石云刚放下电话，小崔便忙着问石云："难道古钟儒没来？"他们这次重点就是要把古钟儒抓住，要是古钟儒抓住了，那么那个"王先生"相信也就真相大白了。所以小崔很担心古钟儒有没有和方丽一起在陈亮的车上。石云看着站在旁边十分关切的小崔，对他说道："古钟儒来了，在车上，准备!"这个电话太让人激动了，看来果然不出所料，根据刚才电话中哨兵的描述，陈亮车上坐着的，女的自然是方丽，那个男的，听描述，光头，一字胡，五六十岁，那应当是古钟儒了。

夜色很黑，过了哨卡后，便进入了深圳，陈亮开着拉

☆陈亮开着汽车，正在夜路上奔驰着，古仲儒突然叫陈亮停车，对他说："我们在这儿下车了，王先生在那边村子里等我们。"陈亮发动汽车说："我送你们去。"古仲儒连忙说："不用了，还是我们自己走吧。"

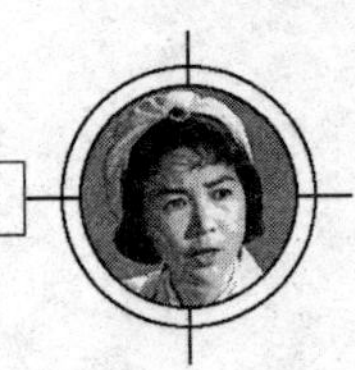

着古钟儒与方丽的汽车，正在笼罩着淡淡的月光的路上奔驰着，这时坐在后排的古钟儒突然用手拍了拍陈亮正在握着方向盘的右手臂说道："停，停。"古钟儒这是干吗，为什么突然在这儿让陈亮停车呢？陈亮忙刹车、踩离合、摘挡、熄火，将汽车停住。车停稳后，陈亮有些不解地侧过身看着叫停车的古钟儒，古钟儒对陈亮说道："我们在这个地方下车了。"陈亮听了有些不明白，问方丽道："哎，你们不是到深圳么？"这时古钟儒对陈亮说道："王先生在那边等着我们呢。"听了古钟儒的话，陈亮大方地说道："噢，这样啊，那我送你们去。"说完陈亮就发动了汽车。一看陈亮又把车打着了火，还说要送自己和方丽，古钟儒有些惊慌，忙对陈亮说道："不用了，还是我们自己走吧。"这古钟儒不愧是老奸巨猾，其实他是对陈亮不放心，现在关键的哨卡已经过去了，剩下的路程陈亮已经没有用处了，还是自己和方丽走的好，如果有陈亮跟着，反而有些不方便了。所以古钟儒才提议下车自己走的。

方丽也被古钟儒让陈亮停车的举动吓了一跳，很是意外。但是方丽看古钟儒拒绝了陈亮送到村子里的请求，方丽便也热情地对陈亮说道："陈参谋，这就够麻烦你的了。"两方面，一方面毕竟古钟儒是"王先生"派来接方丽，给方丽带路的人，也算是方丽的领导；另一方面，陈亮已经将自己和古钟儒带过了哨卡，可以说是已经帮了大忙，更直白地说，已经达到了他们过哨卡的目的，所以现在也没有什么利用价值了。另外，方丽也考虑到了接下来可能要见所谓的"王先生"，还要过边境，这要是带着一个解放军保卫部的参谋，的确是有些不合适。毕竟自己、"王先生"同陈亮还是两条路上的人。陈亮听了古钟儒与方丽的话后，微笑着还是将汽车发动了，并对二人说道："问题不大，时间还来得及。"陈亮没想到这个狡猾的古钟儒会来这一手，不过还好，随机应变。陈亮当做方丽说不麻烦自己了，是怕耽误自己回部队的时间，所以陈亮故意说道：时间还来得及。

☆方丽也说："这就够麻烦你的了。"陈亮微笑着发动汽车说："问题不大，时间还来得及。"

陈亮将汽车打着火后，踩离合、挂档、加油门，车子又起步了。看着车子已经启动，古钟儒也没有办法，只好不阴不阳地面带尴尬的神情说道："解放军同志真是助人为乐啊。"古钟儒是相当得无奈，也许这就是盛情难却吧！古钟儒倒没把陈亮想多坏，在他看来，这个陈亮就是冲着方丽来的。他认为，陈亮之所以送方丽过哨卡，主要的可能性不外乎两点，要么陈亮就是被方丽的美色所迷惑，对方丽有好感或企图；要么就是陈亮被方丽所讲述的姐姐病重及其儿时的凄惨遭遇所感动。基于以上两点或其中之一，所以陈亮才帮助方丽。现在陈亮在古钟儒要求下车自己和方丽步行的情况下仍然坚持开车送他们，古钟儒尽管十分

不情愿，但他认为是方丽魅力的一次体现。所以古钟儒才说出了“解放军同志真是助人为乐”这句话。而方丽此时心里也美滋滋的，陈亮要求继续开车送自己和古钟儒，说明自己有能力，也算是俘获了陈亮，另外坐车可比走路轻松多了。

☆古仲儒没有办法，只好不阴不阳地说：“解放军同志真是助人为乐啊。”

汽车启动后，向后倒了一下，然后一加油门，开到了一条岔路上去了。待汽车驶远后，几个持枪的民兵从岔路边的大树后走了出来，看着在岔路上远去的汽车的背影，转身回去报告情况。民兵组织接到尚部长要求严查各个关卡、港口、要道的命令后，便紧急下达到了各基层民兵连队，特别是陈亮沿途要路过的这些地段，所有的民兵连队都加派民兵人数、增加巡逻密度、扩大巡查范围。所以刚才陈亮所驾驶汽车的沿途行踪，基本上都在掌握之中。可以说陈亮所过之处，都有民兵巡查，只是民兵同志们都隐

藏着，所以陈亮车上的人们不会觉察。只要民兵们发现陈亮的车后，就会打电话向上级报告车的行驶情况，包括几点几分在某个位置出现，其行驶轨迹等。不过各基层的民兵连队也根据上级的通知，事先大概获得了陈亮拉着方丽和古钟儒的行驶路线，但突然在这个路口倒车，向岔路驶去，这是与大家先期得到的行驶路径不符的，所以民兵们发现这一情况后立即进行了报告。

☆汽车向后倒了一下，开到了一条岔路上去了。汽车驶远后，几个持枪的民兵走了出来，转身回去报告情况。

民兵将陈亮驾驶的吉普车驶向岔路的情况及时向上级部门做了汇报，市公安局的丁局长也第一时间得到了这个情况。情况紧急，时间宝贵，丁局长马上打电话给在深圳边防检查站的石云和小崔。丁局长对着电话另一头的石云说道："敌人已经改变了方向，你们立即赶到月儿村去。"丁局长在得知古钟儒也上了陈亮的车后，知道这个老奸巨

猾的家伙肯定会有新花样，从前边他利用叶长谦最后又拿叶长谦当替罪羊这一事情，就可以看出这个家伙是非常狡猾的。所以丁局长也意料到陈亮送方丽过哨卡的这一过程会有些曲折，但苦于沿途岔路、村庄很多，不知道古钟儒会在哪里有安排。鉴于此，丁局长要求各基层的民兵连，严密监视陈亮吉普车的动向和行驶轨迹，只要发现该车，立即汇报。根据刚才基层民兵汇报的情况，陈亮汽车驶入的这个岔路最有可能到达边境的就是月儿村，敌人极有可能在月儿村有人接应，所以丁局长要求石云和小崔立刻赶赴月儿村，做好随时抓捕敌人的准备工作。

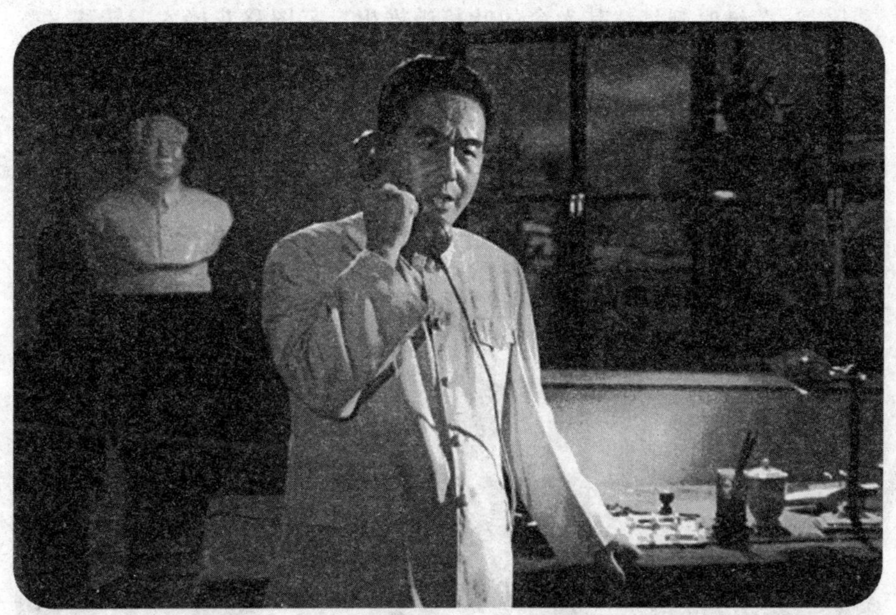

☆丁局长得知情况后，马上给石云打电话，告诉她："敌人已经改变了方向，你们立即赶到月儿村去。"

听了丁局长在电话中的指示，石云回答了一声"是"，就放下了电话，立刻和小崔一起走出边防检查站，两人打开车门，石云驾驶着汽车，拉着小崔借着朦胧的月色向月

儿村方向驶去。现在敌人的目标基本上已经明确，就是方丽和古钟儒可能会通过月儿村过境。现在石云就是要和小崔火速赶过去，抢在古钟儒和方丽到达之前抵达月儿村，然后与地方的民兵组织和基层派出所联系，密切监视一切可疑人员和动向，及时汇报，把握时机，随时准备进行抓捕行动。从目前来分析，这个古钟儒应当就是方丽的和叶长谦的顶头上级“王先生”。果然这个坏家伙不是一盏省油的灯，居然临时改变的行驶方向，不从大路过境，却去了偏僻的小渔村，可见其狡猾程度不一般。想想这个古钟儒能够胸有成竹地在陆大姐家将重要的图纸进行拍照，还在关键时刻将替其卖命的叶长谦推出，妄图移花接木，转移侦察方向……由此可见，这次临时改变行驶方向，也是意料之中的。

☆石云回答了一声“是”就放下了电话，立刻和小崔一起开车向月儿村方向驶去。

已经是深夜了，陈亮开着吉普车拉着方丽和古钟儒他们终于借着朦胧的月色驶入了月儿村。月儿村是一个沿海的小渔村，借着淡淡的月色，可以看到远处的海面。没等陈亮的车子完全停稳当，方丽和古钟儒就先后跳下了车，车子彻底停稳后，陈亮也打开驾驶室的车门，走了下来。这时方丽激动地握着陈亮的手对他说道："陈参谋，太对不起了，耽误你上班了。"无论怎样，方丽还是打心眼里很感激陈亮的，毕竟他帮助了自己，能在这种危难时刻，同意将自己带过禁区，这是多么难能可贵呀。一般的朋友甚至是亲人都不一定做到，但陈亮却做到了。另外，由于中途古钟儒改变了原来的行驶计划，在提出中途下车后人家陈亮还坚持专门送他们到月儿村，这让方丽很是过意不去。现在总算到目的地了，马上就可以过境了，方丽自然是内

☆已经是深夜了，陈亮拉着方丽、古仲儒他们开车驶进了月儿村。方丽、古仲儒先后跳下车，方丽握着陈亮的手说："太对不起了，耽误你上班了。"

心有些激动。此时的古钟儒站在旁边看着方丽与陈亮告别，他心里也在期待着接下来能够不出意外，顺利过境。

听了方丽表示歉意的话，陈亮抬起左臂，借着朦胧的月色，看了看手腕上的手表，这时手表的指针显示，已经是凌晨地四点十五分了。陈亮微笑着话中有话地对方丽说道："问题不大，最多半个小时，我就可以赶到了。"说完陈亮快步地钻进了汽车。陈亮从目前的情况分析，方丽和古钟儒肯定是要通过月儿村，利用水路偷渡过境。月儿村临近沿海，距香港就一海之隔，要是这两个人得到别人的帮助，一旦到达海上，那么抓捕工作将很难胜利完成，要是让他们过了边境，那可就麻烦了，后果将非常严重，因为古钟儒在陆大姐家拍的图纸的胶卷还没有找到，肯定是古钟儒随身携带着呢。但是现在又不能打草惊蛇，这次抓捕行动，目的就是要将犯罪分子彻底一网打尽，既然古钟

☆陈亮看了看腕上的手表。微笑着话中有话地说："问题不大，最多半小时。我就可以赶到了。"说完钻进了汽车。

儒和方丽到达了月儿村，想通过月儿村来过境，那么这边肯定已经安排好了人员护送他们，要想办法把所有有关的人都抓住了，这个案件才算胜利告破。

陈亮的车点着火，刚刚发动，这时几个民兵肩上背着步枪，手里拿着手电筒向古钟儒和方丽走来，这个民兵走到二人跟前，用手电筒的光亮照射着两个人，看了看也不认识，便对古钟儒和方丽说道："你们有边防通行证吗？"一听民兵问二人的边防通行证，古钟儒吓的直哆嗦，倒是方丽很镇静，马上指着前面刚刚发动的汽车对这个民兵说道："是陈参谋送我们来的。"月儿村的民兵已经得到了上边的情况汇报，知道陈亮拉着方丽和古钟儒有可能会到月儿村，本来月儿村的民兵们计划只进行隐蔽监视，但考虑到，如果那样就有些一反常态，反而会引起敌人的怀疑，所以还是按照平时的巡查要求，进行盘问。为了避免敌人

☆陈亮的车刚刚发动，一个民兵走过来对古、方二人说："有边防通行证吗？"方丽马上指着前面的汽车说："是陈参谋送我们来的。"

在遭到盘查时引起不必要的恐慌，防止打草惊蛇，所以特意安排了民兵对古钟儒与方丽的盘问在陈亮的车还没离开时进行，届时对方可能会拿陈参谋当借口，这样民兵在知道对方是陈参谋护送过来的人后就会放行。果然，方丽的回答与前期的预料一样。

这时陈亮坐在汽车上，刚刚要加油门，他听到民兵盘问古钟儒和方丽的对话，陈亮便从汽车里探出头对正在进行巡查的民兵说道："噢，是我送他们来的，再见!"一边说，陈亮还一边朝方丽挥了挥手，"再见"方丽也挥手与陈亮告别。陈亮便开车走远了，那几个民兵听方丽说是陈参谋送来的人，还看到与陈参谋打招呼了，所以没有再说什么，就背着枪拿着手电筒走开了。现在是非常时期，敌人的特务分子活动很猖獗，所以各地的巡查都很严格，特别

☆陈亮听到说话，从汽车里探出头对民兵们说："是我送他们来的。"然后开车走远了。那几个民兵听到是陈参谋送来的人，没有再说什么，走开了。

是沿海地区，更别说与香港一海之隔的月儿村了。由于民兵同志们已经得到了上级的指示和安排，所以对古钟儒和方丽也只是进行例行的检查，如果此时没有民兵巡查，反而就有些不正常了，容易引起敌人的怀疑。同时，在方丽提到是陈参谋送他们到月儿村的时候，民兵同志便进行了放行，这也说明陈亮作为一个解放军部队的参谋，且是负责安全保卫工作，其重要性是无须多言的。

看着民兵们都走远了，方丽和古钟儒才转过身来，方丽看着身边的古钟儒，有些心有余悸地对他说道："哼，吓我出了一身冷汗。"其实古钟儒何尝不是呢？这一路上可以说是心惊胆战，提心吊胆。稍有一步走不好，就会前功尽弃、功亏一篑，还要把命搭上。不过现在已经到达了月儿村，陈亮走了，民兵们也走了，现在可以说是安全了。其实方丽害怕归害怕，但刚才这句"吓我出了一身冷汗"实际上是说给古钟儒听的。方丽现在已经感觉到这个古钟儒

☆方丽看到民兵们都走远了，不由得对古仲儒说："吓我一身冷汗。"

即便不是自己的顶头上司“王先生”，那么也是一个很重要的人。她说这句话的目的就是告诉古钟儒，其实这是虚惊一场，有我方丽在没有搞不定的。言外之意就是说，陈亮是由方丽通过种种方式俘获的，所以才心甘情愿地冒着很大的风险送方丽和古钟儒过哨卡，还专门给送到了月儿村。说白了，就是向古钟儒邀功和炫耀，意思是，看我行不行，解放军的参谋都为我们服务。

第十一章 围追堵截

听了方丽的话，古钟儒严厉地对方丽说道："别说话。"然后古钟儒在前，方丽在后，两人朝村子里头走去。古钟儒也不是傻子，已经听出方丽话里的意思。尽管脸上没有表情，嘴上也没说话，但古钟儒心里还是比较欣赏这个方丽的。虽然说两人一直没有见过面，但每次交给方丽的任务都能够顺利而又圆满的完成。从让叶长谦窃取公文包，到让叶长谦对三轮车工人杀人灭口，再到安排叶长谦将公文包丢弃在珍珠巷，一直到最后在东山酒家与叶长谦碰头

☆古仲儒严厉地对她说："别说话。"然后带头朝村子里走去。

导致叶长谦的顺利被抓，这些事情都做得天衣无缝，让古钟儒很是欣赏方丽。再加上这次最关键的通过“禁区”的封锁，可以说是全凭了方丽俘获的这个解放军的参谋的大力帮忙，所以这一切都归功于方丽，方丽是功不可没啊。但现在这个时候又是最重要的时刻，是决定生死、决定成败的关键时刻，虽说已经到了月儿村了，离香港也是一步之遥，但还是小心谨慎为妙，避免节外生枝，惹出不必要的麻烦。

已经是深夜了，村庄里漆黑一片，人们都沉浸在梦乡当中。此时，古钟儒带着方丽，两个人走走停停，穿过了好几条街道，又绕过好多巷子，七拐八拐地来到了一所房子前。一路上古钟儒都是小心翼翼，非常谨慎，生怕弄出一点儿动静。方丽也是紧跟着古钟儒，生怕被甩掉似的，二人鬼鬼祟祟地在月儿村转悠着。在这所房子前，古钟儒

☆已经是深夜了，古仲儒、方丽二人穿过街道，来到一所房子前。古仲儒轻轻敲响了房门。

先是警惕观察了下四周的动静，然后又站在这所房子门口聆听了一番，见里边听不到什么声响，四周也没什么异常，这时，古钟儒伸出手，轻轻地敲响了房门，他先是三长两短，接着又三短两长。方丽站在门外靠近街道的地方，四处张望着，好像在望风似的。对于古钟儒和方丽来说，现在可以说是关键的时刻，一百步已经走了九十多步了，就差这剩下的几步了，千万不能出任何纰漏，否则将前功尽弃。能够顺利到达月儿村，可以说实属不易，一路上经历了哨兵的盘查，民兵的询问，可以说是受了不少惊吓，现在更不能有半点儿的马虎。

在古钟儒敲响门不久，随着轻轻的"吱呀呀"的开门声的响起，房门被轻轻地打开了，只见门先是开了个小缝，里边的人向外望了望，借着这朦胧的月光待看清是古钟儒后，门才彻底被打开，只见里边走出来一个留着分头，里边穿着白色背心，外边套着一件黑色长褂子的打扮得像渔

☆房门打开了，一个渔民模样的人走了出来。

民模样的人。现在的古钟儒是相当小心，所以在敲门时不得不使用暗号，先是三长两短，再是三短两长，加起来共敲十下门，前五次三长两短与后五次三短两长之间还有一个明显的停顿，这个不知道暗号或平时不注意的人肯定听不出来，也不会觉察。里边的这个渔民模样的人，早就得到了“王先生”的通知，说是今晚王先生会来找他过境，让他准备护送。这个人也是很小心谨慎，生怕有什么差池。所以刚才听到敲门声时，细细地数了数敲响了几下，节奏对不对，确定是按着规定的敲门声后，这才打开门，且还是先打开了个小缝，看看是不是自己要等的人，确认无误了，才将门彻底打开。

这个渔民模样的人仔细地瞅着古钟儒，古钟儒看着站在门口的这个人叫道：“阿龙。”这个渔民模样的人正是阿龙，他是境外敌特分子安排在月儿村的一个暗线，一是为了方便对出境特务分子的护送，二是为了随时接应入境特

☆古仲儒叫道：“阿龙。”

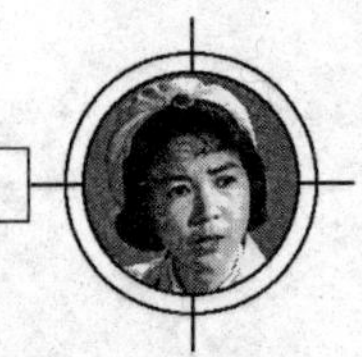

务分子，三是及时向境外传递和接收情报。当然，他也是直接受王先生指派，由于王先生的出入境都是由这个渔民模样的阿龙来安排的，所以阿龙自然认识他。阿龙看到古钟儒后，知道今晚他是要出境了，看了看后边还跟着个女的，他可不认识。虽然这个阿龙和方丽都是古钟儒的手下，都受古钟儒的指派，但他们这行，也有个规矩，同门不见面，别说见面，甚至连听都没听说过。所以自然这个阿龙就不认识方丽了。

那个渔民模样的人看着古钟儒，忙叫道："王先生。"阿龙认识王先生，这不出人意料，当属于情理之中。倒是站在古钟儒身后的方丽有些惊讶，她听了阿龙对古钟儒的称呼后，心想，原来这个姓"于"的就是王先生，那他刚才还骗自己说是"王先生"派来带路的呢，看来姜还是老的辣啊！其实方丽哪里清楚，这个眼前的"王先生"还是隐藏很深的一个广州的医生呢，她根本不知道他还叫古钟

☆那个渔民模样的人叫道："王先生。"

儒。现在方丽对自己的顶头上司“王先生”是崇拜有嘉，很是佩服古钟儒的伪装，看来自己得好好学习啊。

古钟儒一听那个渔民模样的人叫自己，忙对他说道：“小声点儿。”然后又向身后的方丽丢了一个眼色，然后两个人跟随着那个渔民模样的人走进屋子里去了，待三个人都进屋后，那个渔民模样的人将屋子的门快速地关上了。月儿村的这个潜伏点，是古钟儒一手建立起来的，人嘛，当然也是古钟儒自己亲自挑选、培养，再一步一步带起来的。这个潜伏点也是联通境内和境外的重要场所，人员、设施、隐蔽程度等都相当重要。所以古钟儒对这个潜伏点可是付出了不少心血，不但古钟儒重视这个潜伏点，就连境外古钟儒他们的主子也很是看重这个潜伏点。因此，为了保证这个潜伏点的安全，能够在关键时刻发挥重要作用，所以平时都无人知道这个潜伏点，连古钟儒都很少启用这

☆古仲儒说：“小声点儿。”然后向方丽丢了一个眼色，两人跟随那个渔民模样的人走进屋去。

边潜伏的人。

静静的月光洒在宁静的海面上，四周万籁俱寂，一阵夜风吹过，宁静的海面，顿时波光粼粼，好是让人赏心悦目。一艘不大的渔船静静地泊靠在海岸边上，在夜风的吹拂下，这艘不大的渔船轻轻地在闪烁着粼粼波光的海面上轻轻地晃动着，像是慈祥的母亲正在轻轻地摇晃着正在熟睡着婴儿的摇篮。朦胧的月亮映在海面上，像是大海深处亮着的一颗夜明珠，散发着淡淡的令人迷恋的幽光。大海是慈祥的，大海是宁静的，大海更是博爱的。它赋予了我们美丽，它给予了我们生活的色彩，它还馈赠了我们可口的美味佳肴。大海是无私的，它只是在默默地付出和给予，从来没有索取和要求过什么。夜色中的大海更是那么的浩瀚与广博，朦胧的月光下，大海更让人充满了幻想与追求。

☆月光洒在海面上，四周一片寂静，一艘渔船泊在海岸边。

古钟儒、方丽还有那个渔民模样的人在屋子里没有做什么停留，而是走向了渔屋的后门，古钟儒对那个渔民模样的人说道："就这样，快走。"都说夜长梦多，古钟儒自然深深明白这个道理，他自己也是深有体会。本来他让叶长谦当替罪羊的计划天衣无缝，堪称完美，没想到却让侦察员识破了。还好，幸亏他临危不乱，当机立断，及时地把握时机拔腿而逃，否则，现在自己已经和叶长谦一样被关在公安局的号子里了。方丽自然深谙这个道理，现在可以说是费了九牛二虎之力才总算平安到达了这个月儿村，她也希望尽早过境，离开这个是非之地。尤其是一想到这一路的艰辛，无论是乞求陈亮帮忙还是被哨卡盘查，被月儿村的民兵询问，现在回想起来，都让方丽心有余悸，恨不得马上能到境外。此时此刻，这个渔民模样的人也在担心，这次自己的顶头上司"王先生"来得这么急，还连夜

☆古仲儒、方丽还有那个渔民模样的人走向渔屋的后门，古仲儒对那人说："就这样，快走。"

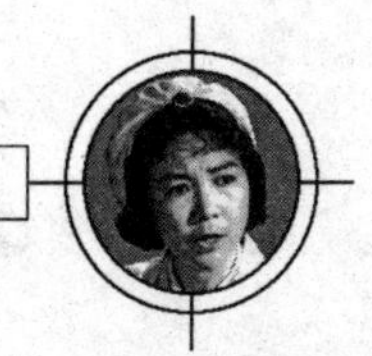

安排要出境，好像是被人追杀似的，他自己心里也在想，早些把他们送出去也好，免得牵连自己。

再过一会儿天就亮了，到时再想出海可就困难了，肯定会被民兵们发现，没准还会被海上边防检查的船只给逮住，那可就麻烦了。要走的话，只能马不停蹄，现在就走，绝对不能耽搁一点时间。这时，古钟儒、方丽和那个渔民模样的人从这渔屋的后门准备往外走，那个渔民模样的人手里拿着船桨，走在前面，紧随其后的是肩上挎着一个银色的女式挎包的方丽，最后是鬼鬼祟祟的古钟儒，三人刚从渔屋的后门出来，在那个操着船桨的渔民模样的人的带领下，古钟儒和方丽刚准备一起上船……

☆他们从后门走了出来，渔民模样的人操起船桨，正要和古仲儒、方丽一起上船……

这时一阵嘈杂的脚步声响起，由远及近，很快就有一群人出现在了古钟儒、方丽和那个手里还拿着船桨的渔民模样的人眼前。古钟儒和方丽定睛一看，带头的不是别人，正是自己日日夜夜都在担惊受怕，害怕碰上的广州市公安局的侦察员石云和小崔，在石云和小崔身后，是一群荷枪实弹的民兵。只见石云和小崔身穿整齐庄严的白色警服，两人手里都拿着手枪，手枪也对准了古钟儒、方丽和那个手里拿着船桨的渔民模样的人。再看石云和小崔身后的这群民兵，他们呈扇形分开，每个人手里都端着一杆长枪，枪口也对着古钟儒、方丽和手里拿着船桨的渔民模样的人，有的民兵还带着手电筒……看到古钟儒和方丽还有手里还拿着船桨的渔民模样的人的瞬间，小崔就喊叫一声："不准动。"边说边拿枪指着三人。石云也用枪指着古钟儒、方丽和手里拿着船桨的渔民模样的人，并对着古钟儒说道："王先生，你们被捕了。"

☆这时一阵脚步声响，石云、小崔和民兵们一起出现在他们面前。小崔喊了一声："不准动!"石云掏出手枪，对着他们说："王先生，你们被捕了。"

古钟儒、方丽和手里拿着船桨的渔民模样的人一见眼前的情形，都惊呆了。特别是古钟儒和方丽，没想到在百十多公里的深圳居然会碰到无处不在的侦察员，实在是有些吃惊。石云和小崔会突然出现，令眼前这三人手足无措，这时只见那个渔民模样的人忽然抡起手里拿着的船桨，向站在最靠前的石云头上打去。

☆那个渔民模样的人忽然抡起船桨，向石云打去。

说时迟，那时快。想想石云也是老侦察员了，什么样的阵势没见过。再说了，石云手里拿的可是五四式手枪，而这个渔民模样的人手里举起来的只是一根船桨。想想看，你的速度再快，能快过子弹？眼看着那个渔民模样的人就要冲到石云跟前，那个船桨也被高高举起，就在这时，就听："叭"的一声枪响，那个手举船桨渔民模样的人胸部中弹，然后趔趄着歪倒在地上，原来是石云的手枪开火了，一枪击中了那个要抡起船桨打她的人。

☆石云的手枪开火了，那人中弹歪倒在地上。

随着石云手中的枪声一响，那个渔民模样的人应声倒地。这一响，也让刚才愣住了的古钟儒和方丽清醒了。古钟儒毕竟是见过大世面，经历过大场面的人，石云枪声一响，随着那个渔民模样的人一倒地，人群中多少有些混乱。古钟儒这个坏家伙可不含糊，别看平时去陆大姐家看病也好还是和金大夫出门也好，手里都少不了一把拐棍，而此时，古钟儒可以说是反应相当迅捷，手脚非常利索。只见他趁着混乱之机，猛然将站在他旁边的方丽使劲往前面一推，然后自己转身向停靠在海面的小船的方向跑去。

石云一见古钟儒将方丽推了出来给自己打掩护，知道这老家伙要逃跑。只见石云将方丽往身边用力一推，然后右手举枪向天，鸣枪示警，就听“叭……叭……”两声枪响。石云知道，方丽只是个小角色，顶多也就是个传话的，是个联络员，其价值还不如那个被捕的叶长谦呢。至于刚

☆古仲儒趁混乱之机，猛然把方丽往前面一推，自己转身向小船方向跑去。

☆石云用力推开方丽，举枪向天，鸣枪示警。

才被石云一枪击倒在地的渔民模样的人，那更是个跟班，跑腿的，也没什么价值。在古钟儒、方丽和渔民模样三个人当中，最重要的自然就是这个老奸巨猾的古钟儒了。这个公文包被窃，图纸被拍照，指派叶长谦杀人灭口再让叶长谦当替罪羊，这一切可都是这个古钟儒一手策划的，最关键的是，他手上现在还有一份秘密图纸的胶片呢，一定不能让这个古钟儒逃脱。

石云朝天鸣枪示警的枪声刚落，月儿村的所有民兵们就马上行动了起来，他们手里拿着枪支，朝鸣枪的出事地点跑来。只见民兵们个个精神抖擞，生龙活虎，好不威猛。男民兵威猛帅气，女民兵英姿飒爽。大家都是从不同的执勤点往出事的地方赶，有的是在大海岸边巡逻，有的是在街道里巡查，有的是在村口站岗，有的是在海面上监视……总之，听到石云的枪声后，民兵们都蜂拥而来。

☆枪声响过，村子里的民兵们马上行动起来，他们拿起枪支，朝出事地点跑来。

各路民兵在往出事地点赶的时候，石云、小崔还有其他民警以及民兵们一起朝古钟儒逃跑的方向追赶过去，听到枪声赶来的民兵看到情形也就跟着一块追了过去。此时的古钟儒，也谈不上什么腿脚不利索了，跑得比兔子也不慢，为了保命，他还在拼命地往前跑着，根本顾不上哪儿是哪儿了。

☆石云、民警和民兵们一起朝古仲儒逃跑的方向追去。古仲儒还在拼命地跑着。

第十二章 人赃并获

就在这时，突然古钟儒停住了奔跑的脚步，他不跑了。难道是他跑累了？还是他已经安全了，感觉没必要跑了？错，都不是，是他看到在他的正前方有辆汽车挡住了他的去路，只见汽车旁边站着一些人，来人不是别人，正是解放军保卫部的参谋陈亮和解放军战士。难怪古钟儒不跑了，他是不能再跑了，再跑，命就没了。

☆突然，前面有辆汽车挡住了他的去路，来人正是陈亮和解放军战士。

古钟儒愣在那里，前边有陈亮带着解放军战士把守，后边是石云领着民警和民兵们的追赶，古钟儒已经意识到自己这下是完了，逃脱的机会是没有了。古钟儒眼见已经没法逃脱，于是，他悄悄地脱下自己右脚的那只鞋，用力将它甩到了路边的草丛里。古钟儒心里清楚，如果石云他们只是抓住了他，而在他身上没找到什么所谓的证据，那么他们拿自己也没办法。反正自己和叶长谦也没见过面，叶长谦所做的一切都是方丽指示的，跟自己也没关系。就是方丽说是自己安排的，可惜她也没有证据，到时自己死不承认就是了，公安拿他也没办法。由于图纸的胶片就在鞋里，所以古钟儒必须要将这个罪证销毁，这样自己才能保证安全。

☆古仲儒眼见已没法逃脱，于是，悄悄脱下自己的一只鞋，甩到了路边的草丛中。

这时石云带着民警和民兵同志们押着被捕的方丽围了上来，大家看着古钟儒无精打采地呆立在那里，一只脚光着。古钟儒原以为别人会认为他是刚才在逃跑时把鞋跑丢了一只，这样嘛也算是在情理之中。可惜他的如意算盘打

错了。刚才古钟儒往草丛里扔鞋的一幕并没有瞒过侦察员，石云已经看到了古钟儒的这个小动作。只见石云弯腰在草丛里没费多大周折就找出了被古钟儒甩掉的鞋子，然后捡起来拿在了自己的手中。古钟儒看在眼里，神情彻底崩溃了，差点儿瘫坐在地上。

☆古仲儒的这个小动作并没逃过石云的眼睛，她弯腰从草丛中找出了那只鞋，拿在自己手里。

这时陈亮带领解放军战士也走了过来，陈亮抬起胳膊，看了看手腕上的手表，然后对古钟儒说道："问题就是不大嘛，正好半个小时，咱们又见面了。"这时古钟儒似醒非醒地才想起先前自己和方丽到了月儿村下车时陈亮所说的那句"问题不大，最多半小时"。原来这个半小时是指半小时后和自己见面呀。看来自己再狡猾还是斗不过人民警察和人民解放军呀，古钟儒看着眼前的陈亮，一句话也说不出来。

这时石云拉过古钟儒，然后拍了拍手里的鞋，对古钟

☆陈亮看了看手表，对古仲儒说："问题就是不大嘛，正好半小时，咱们又见面了。"

☆石云拉过古仲儒，拍拍手里的鞋说："这是你的？"

儒问道："这是你的?"其实石云知道这是古钟儒的鞋子，只是故意拿出来给古钟儒看，看看他是什么表情。原来石云还在想，这个古钟儒会把图纸的胶片放到什么地方。这个胶片虽说不大，但是对保存还是有严格要求的，一是怕见光，一见光就曝光了，相当于废了。二是怕折，要是折了，那么也就不能洗了。不过刚才看到古钟儒甩鞋的一幕，方丽好像突然间明白了。

古钟儒和方丽听到石云的问题，二人循声望去，看到石云手里拿着的那只古钟儒的鞋子时，两人大吃一惊，但瞬间又强作镇定。古钟儒清楚，现在千万不能慌也不能乱，石云只是捡到了自己的鞋子，这并不意味着什么。虽说鞋子里是有秘密，但她石云不一定能找到。方丽的心也是扑通扑通地快速跳着。如果胶片被找到了，那古钟儒和方丽就彻底完了，不但完不成主子交给的任务，命恐怕也得搭上。

☆古仲儒、方丽二人看到石云手里的鞋大吃一惊，却又强作镇定。

石云手里拿着古钟儒甩掉的那只鞋子，表情严肃地看着古钟儒与方丽，看到两人瞬间的表情，石云已经更确定这只鞋子里有问题了。石云拿着鞋好好打量了一番，然后只见她用力一拽，鞋帮就被撕开了，然后从里边掏出一卷很小的东西来。石云轻轻地一拉，原来是一卷微型胶卷，上面拍摄的正是李化公文包里的那张秘密图纸。正是踏破铁鞋无觅处，得来全不费工夫。没想到这古钟儒老奸巨猾了一辈子，最后是聪明反被聪明误，自己的一个不经意的动作，却弄巧成拙，反而暴露了目标。

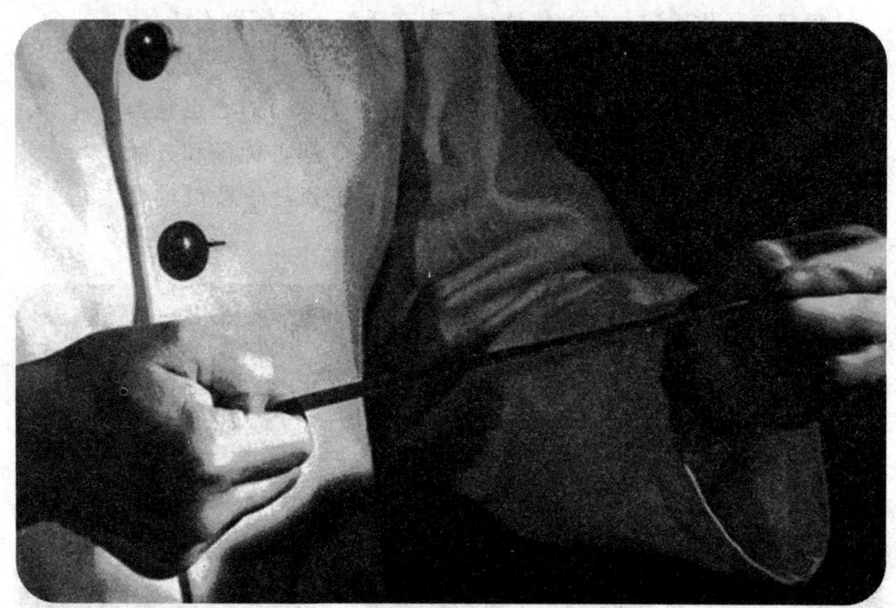

☆石云撕开鞋帮，从里面掏出一个很小的东西，轻轻一拉，原来是一卷微型胶卷，上面拍摄的正是李化公文包里的那张秘密图纸。

石云举着这卷拍有秘密图纸的胶卷，看着古钟儒，厉声对他说道："想毁掉证据，妄想!"对于石云而言，此时手上的这个胶卷就是古钟儒和方丽等犯罪的有力证据，现在这有力的证据在手上，看二人还如何狡辩。想他古钟儒潜伏在广州那么久，隐姓埋名，深入浅出，却一直是在寻找时机，窃取国家机密。这次你古钟儒被抓了，看你还如何嚣张。

☆石云举着这卷拍有秘密图纸的胶卷，对古仲儒说：“想毁掉证据，妄想!”

此时的古钟儒、方丽二人，见微型胶卷已经被石云从古钟儒的鞋子里找到，事情也彻底败露了，两人终于像战败的公鸡，垂下了头……古钟儒没想到，自己一手策划的如此周密、详尽的秘密图纸窃取计划，最后却以自己和方丽被抓，微型胶卷被查获为结局。方丽也没想到，自己这一切都按照“王先生”的指示安排执行，一丝不苟，最后还是和古钟儒一样落了个被抓的下场。

天终于亮了，清晨的阳光是那么得亲切、温和，感觉是那么得平易近人。阵阵轻风吹过，清新的空气沁人心脾，令人顿觉舒畅无比。英雄们驾驶着汽车在宽阔的马路上轻快地飞驰着。车里，小崔依旧坐在了第二排，他终于开心地掏出一颗香烟放在嘴里点着了，胜利的烟圈在车厢里慢

☆古仲儒、方丽二人见事情彻底败露了，终于垂下了头……

☆汽车在马路上轻快地飞驰着。车里，小崔终于点着了香烟，石云、陈亮的脸上也露出胜利的微笑。

慢地升腾。石云坐在副驾驶员的位置上，陈亮驾驶着汽车，两手紧紧地握着方向盘，大家脸上露出了胜利的微笑。

长长的马路越走越宽敞，奔驰的汽车载着得胜的英雄们驶向了远方。新的征程与挑战又即将开始，大家期待着又一次凯旋！

☆奔驰的汽车载着得胜的英雄们驶向了远方。

电影传奇

导演郝光小传

郝光（1924—），山东莱州人，原名郝宝珠。1940 年参加八路军从事文艺工作，1941 年加入中国共产党。1945 年后任胶东军区政治部宣传队队长、华东野战军第九纵队文工团长等职，1950 年赴朝，1952 年调入八一电影制片厂任导演。

代表作：《黑山阻击战》（与刘沛然合作）、《英雄虎胆》（与严寄洲合作）、《十二次列车》、《鄂尔多斯风暴》、《秘密图纸》（兼编剧之一）、《南海长城》（与李俊合作）等。

电影背后的故事

左图为电影文学剧本，右图为本片编剧之一史超。说起电影《秘密图纸》，史超能给你讲出好多故事。拍这部戏的时候，解放军总政治部和公安部都给了剧组极大的支持和方便，创作组拿着公安部为他们写的特殊介绍信来到广州市公安局搜集素材，熟悉了许多已经告破的甚至正在侦破的案件。

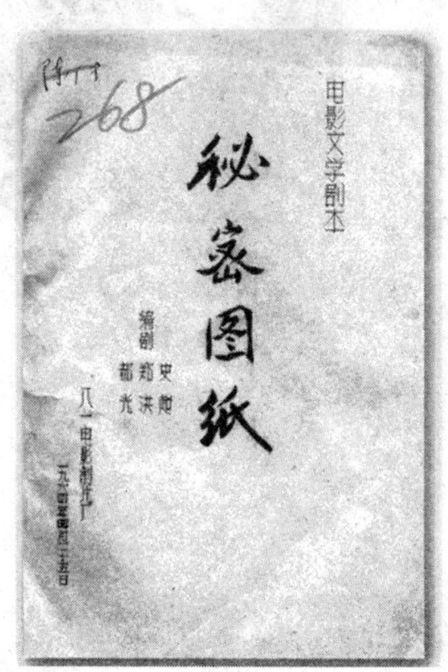

本片的主角是一位女警察，她的任务是找回丢失的秘密图纸，揪出隐藏的特务。可别担心，女警察抓特务和男警察一样出色。在影片拍摄的那个时代，确实涌现出了不少优秀的女公安人员，照片上的就是一位，她的名字叫殿云。

怎么表现这个女警察的出色、干练和威慑力呢？田华首先要让自己的眼光锐利起来。

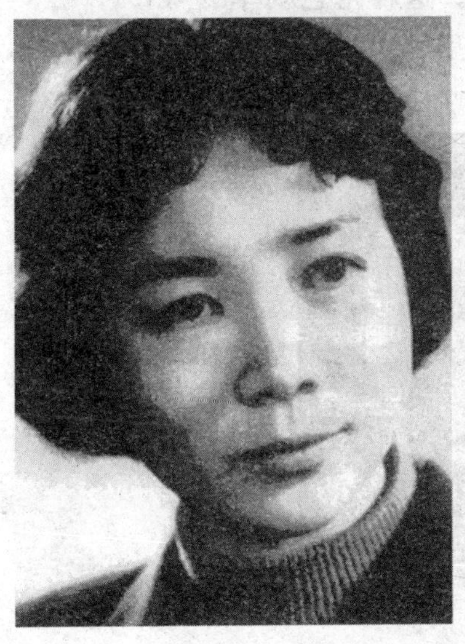

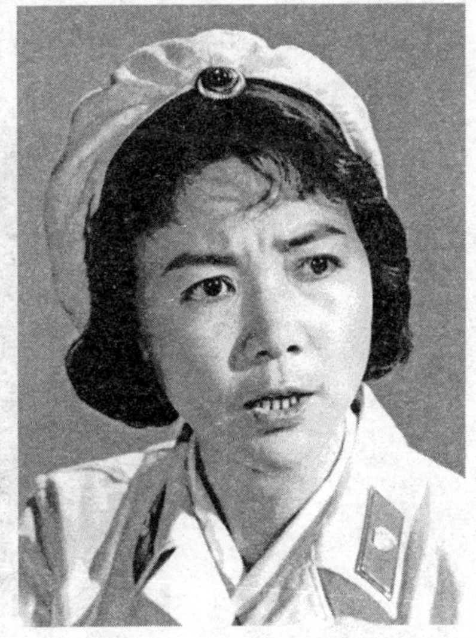

老电影里的特务、坏蛋，大体分为两种：一种是比较明显，一看就不是好人的，比如《神密的旅伴》里的“萧五”，还有本片中李壬林演的“叶长谦”（图）。

还有一种老奸巨猾的，在故事里隐藏较深，一般不会被轻易抓住，必须由势均力敌的正面人物用较高的智慧、坚定的意志和超人的勇气才能将其挫败，不过这种角色一般也逃不出今天观众的法眼。这种角色刘季云（1911－1971）演的比较多，比如本片里的“古钟儒”（图）、《林海雪原》里的“老道”等等。

至于“方丽”这样小鸟依人型的女特务就很少见了，不过这也正是本片的一个看点。师伟一向对扮演农民一类的角色缺乏信心，演女特务是头一回，她的表演很贴近生活，没有用刻意的丑化来处理这个角色。

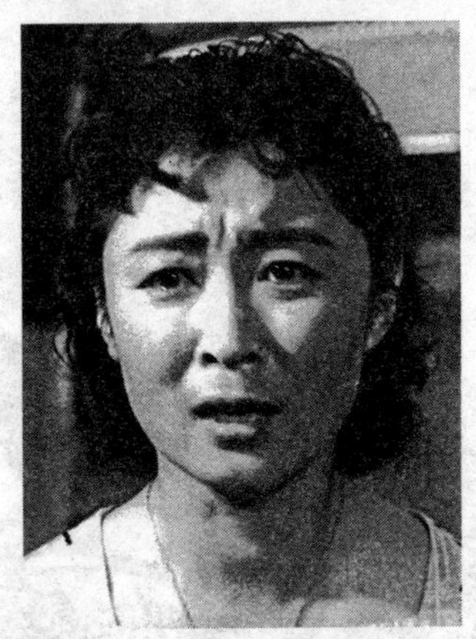

从《永不消逝的电波》里的“孙明仁”（左图），到《白求恩大夫》里的“于部长”（中图），再到本片中的“丁局长”（右图），邢吉田演过地下工作者、部队干部、公安干部等许多正派的角色。他塑造的领导干部形象大都和蔼可亲，深受广大观众喜爱。

拍这部电影让大家长了不少见识、学了不少东西。田华和王心刚都学了开车，不过田华的车技不太好，影片里“石云开车”的镜头（图）被删掉了好多；师伟到中央乐团强化了弹钢琴的技艺，还去监狱观察了在押特务。

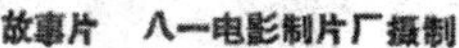
故事片　八一电影制片厂摄制

编剧：史　超、郑　洪、郝　光
导演：郝　光　　美工：郑　拓
摄影：陈瑞俊　　作曲：李丁一

1.右：石云(田华饰)是一位具有革命警惕性与政治责任感的公安干部。左：丁局长(邢吉田饰)是一位有着丰富的对敌斗争经验的革命老干部。

2.科学工作者李化携带的有关国防建设的图纸被反革命分子窃走。公安干部石云在侦察敌人行踪时，抢救了一个被特务打昏的三轮车工人。

3.反革命分子再狡猾也逃不过群众雪亮的眼睛，石云在周明等人的积极协助下，终于查出敌人活动的线索。

影片上映后，有些较真的观众还写来了影评，用“阶级分析”的方法来评论本片的不足。怎么样？挺有时代气息吧。

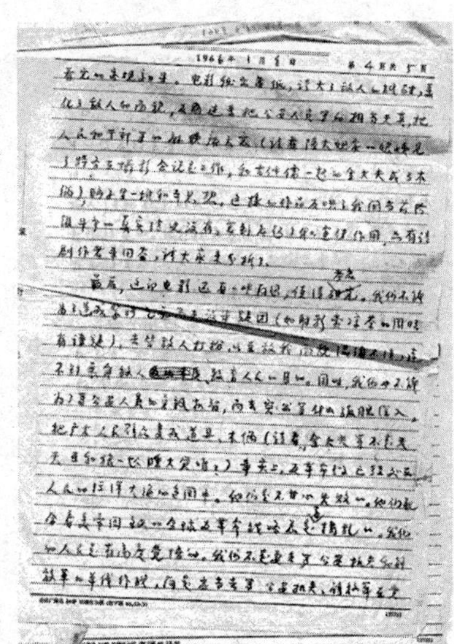